MAURICE BARRÈS

AMORI ET DOLORI SACRUM

SACRUM

— La Mort de Venise —

PARIS

Félix JUVEN, Éditeur

122, Rue Réaumur, 122

pages coupées juil 2014

à Paulette,

affectueux,

Maurice Barrès

25 février 1903.

AMORI ET DOLORI

SACRUM

ŒUVRES DE MAURICE BARRÈS

MAURICE BARRÈS

AMORI ET DOLORI SACRUM

SACRUM

— La Mort de Venise —

PARIS

Félix JUVEN, Éditeur

122, Rue Réaumur, 122

IL A ÉTÉ TIRÉ DE CET OUVRAGE :

20 exemplaires, sur papier de la manufacture impériale du Japon, numérotés à la presse de 1 à 20.

30 exemplaires, sur papier de Hollande à la forme de Van Gelder Zonen, numérotés à la presse de 21 à 50.

AMORI ET DOLORI SACRUM

J'ai pris le titre de ce livre à Milan, sur la façade rococo de *Santa Maria della Passione*. Quel magnifique jeu ce serait de meubler, en esprit, cette église pour qu'elle devînt digne de sa double consécration ! *Amori et Dolori sacrum... Consacré à l'Amour et à la Douleur...* Peut-être que, d'abord, on voudrait y grouper les toiles de Luini, car ce peintre est grave, voluptueux et attendrissant. Mais ses modèles ont été mêlés à si peu de choses ! Ce sont des petites gens, d'une pensée trop pauvre. Amours et douleurs de cloîtrés.

Dieu me garde de mépriser aucune sincérité ; mais, puisque la conscience la plus ou-

verte ne saurait tout accueillir et tout comprendre et puisqu'il faut faire un choix, je
donne ma prédilection aux images qui sont
chargées de riches expériences. Nul charme
de jeune fille n'égale certaines figures de
femmes âgées. On trouvera dans ce recueil
un chapitre sur la vieillesse d'Élisabeth de
Bavière, impératrice d'Autriche.

« Fille chérie, dit Antistius à Carmenta,
l'Amour est la déesse myrionyme ; on l'adore
sous mille noms. Honte à qui tient pour im-
pur l'acte suprême où l'homme le plus vulgaire et le plus coupable arrive à être jugé
digne de continuer l'esprit de l'humanité.
A tous les degrés de l'échelle infinie, l'amour
se transfigure et lubrifie les joints de cet univers. Tout ce qui se fait de bien et de beau
dans le monde se fait par le principe qui attire
l'un vers l'autre deux enfants. » Je n'y con-
tredis point, mais souvent les approches de
la mort et l'usure affinent des hommes qui
semblaient incapables de recueillement. A

bout d'excitation, ils s'arrêtent; leur désir décidément mort leur permet enfin d'écouter. Ils entendent le bâillement universel, l'aveu d'impuissance, l' « à quoi bon » qui fait le dernier mot de toutes les activités. Cette connaissance ne décolore pas l'univers; il est plus richement diapré sous les yeux avertis d'un Faust que sous le regard impatient d'un jeune brutal. Quel beau livre, celui qui mériterait qu'on lui donnât pour titre les trois mots inscrits sur un monument de Pise *Somno et Quieti sacrum!*

Les pages que nous publions aujourd'hui appartiennent à la même veine que *Du Sang, de la Volupté et de la Mort.* La mort et la volupté, la douleur et l'amour s'appellent les unes les autres dans notre imagination. En Italie, les entremetteuses, dit-on, pour faire voir les jeunes filles dont elles disposent les assoient sur les tombes dans les églises. En Orient, les femmes prennent pour jardins les cimetières. A Paris, on n'est

jamais mieux étourdi par l'odeur des roses
que si l'on accompagne en juin les corbillards
chargés de fleurs. Sainte Rose de Lima
(j'ignore sa biographie, mais un nom si délicieux lui prête une grande autorité) pensait
que les larmes sont la plus belle richesse de
la création. Il n'y a pas de volupté profonde
sans brisement du cœur. Et les physiologistes
s'accordent avec les poètes et les philosophes
pour reconnaître que, si l'amour continue
l'espèce, la douleur la purifie.

Je ne souhaite pas qu'*Amori et Dolori
Sacrum* élargisse beaucoup le cercle des sym-
pathies que me valut *Du Sang*. Une société
silencieuse et choisie convient à ces deux
livres. Celui-ci toutefois me paraît plus
lourd dans la main et plus savant pour
l'oreille que mon recueil de 1895. J'ai mis de
l'ordre dans toutes mes libertés ; j'ai vu l'unité
des émotions que je recueillais sur de longs
espaces de temps et de pays.

Dans une chambre d'hôtel, auprès de deux

bougies, si l'angoisse étreint un passant, il a peur d'être seul et cependant redoute qu'un importun l'oblige à sourire. La distance l'effraye qui le sépare de son chez soi. Ses tempes brûlent, le froid l'enveloppe. O nuit, puisses-tu bientôt passer! Mais elle est un pas vers la mort, dont je me fais, ce soir, une idée nette!... Cependant, le matin arrive, et voici que, sur le rempart de cette ville inconnue, le même voyageur goûte la lumière des champs, le son des cloches, l'insouciance des enfants. Il savoure la vie, il rirait de cet homme chagrin s'il se le rappelait.... Monotones balancements que nous portons sur tous les paysages !

Mais pourquoi cacher le pire ? Pas plus .que de livres, il n'est d'horizon qui demeure indéfiniment satisfaisant, car toute beauté que je m'assimile provoque en moi de plus grandes exigences. A l'user, je m'écrie d'une Venise, comme d'un Leconte de Lisle : « Encore un citron de pressé ! »

Ce poète et cette ville ont beaucoup agi sur
la première formation de mon goût. De voyage
en voyage, j'ai vu Venise s'engraisser, elle
si sèche, si pauvre autrefois. Des brasseries,
d'innombrables boutiques, du confort ; enfin
une graisse germanique. Cependant j'y gardai
toujours ma jeune puissance de sentir seulement ce qui pouvait exciter ma fièvre ima-
ginative. On trouvera ici la cristallisation
de quinze années. L'impératrice Joséphine,
me dit le poète Robert de Montesquiou, possédait une opale fluide et fulgurante qu'elle
nommait « l'Incendie de Troie ». L'opale n'est
point une pierre si rare qu'il me soit interdit
de penser que j'offre à quelques amis un
« Incendie de Venise ». Je leur signale un
certain embrasement sur l'eau.

Bien que ce soit ici très expressément un
livre de solitude — et je rappelle que les
Espagnols donnent le nom de *soledad* à certain
petit poème elliptique, — on y rencontrera des

idées et des images qui nourrissent notre action politique. C'est que l'auteur a vu peu à peu se former en lui-même une intime union de l'art et de la vie : toutes les réalités où s'appuient nos regrets, nos désirs, nos espérances, nos volontés, se transforment à notre insu en matière poétique. Il en va ainsi chez tout homme qui a trouvé, préservé, dégagé sa source, la source vive que chacun porte en soi-même.

Ces pages sont, à vrai dire, un hymne. Je n'ignore pas ce que suppose de romantisme une telle émotivité. Mais précisément nous voulons la régler. Engagés dans la voie que nous fit le dix-neuvième siècle, nous prétendons pourtant redresser notre sens de la vie. J'ai trouvé une discipline dans les cimetières où nos prédécesseurs divaguaient, et c'est grâce peut-être à l'hyperesthésie que nous transmirent ces grands poètes de la rêverie que nous dégagerons des vérités positives situées dans notre profond sous-conscient.

Ce qui fait les dessous de ma pensée, ma nappe inépuisable, c'est ma Lorraine. Encore devrai-je dire comment je la conçois. Pour l'instant, j'inscris son nom dans un chapitre de ce recueil.

La beauté des jeunes femmes est distribuée sur les diverses parties de leur corps ; aussi, pour la goûter, faut-il beaucoup de soins et leur grande complaisance, mais cette beauté, quand elles vieillissent, se fixe toute sur leur visage. C'est ainsi que, dans ma jeunesse, j'ai cru la beauté dispersée à travers le monde et principalement sur les régions les plus mystérieuses, mais aujourd'hui j'en trouve l'essentiel sur le visage sans éclat de ma terre natale.

Janvier 1903.

LA MORT DE VENISE

LA MORT DE VENISE

Vous rappelez-vous l'Exposition des « Graveurs du Siècle » qu'il y eut à Paris, voici quelques années ? Je parcourais ses salles désertes, quand soudain une lithographie d'Aimé de Lemud m'arrêta, me vivifia, fit jaillir en moi un flot de poésie.

L'Enfance de Callot ! *Cela plut vers 1839. Une belle fille bohémienne tient le petit Callot par la main. A grand pas ils marchent vers l'Italie. De toute mon âme je les accompagne. Ah ! que ne puis-je leur être utile !*

Pourtant, ne cherchez pas aux cartons des étalagistes cette vieille image mi-romantique, mi-bourgeoise. Elle serait dans votre main déçue l'humble petite bête noiraude qui, la veille au soir, luisait mystérieusement sous

*l'herbe du fossé : car vous n'avez point vécu
les destinées de la Lorraine, et cette lithographie ne vaut qu'à les réveiller dans nos âmes.
C'est ainsi que tels pauvres vers d'un méchant
livret italien emplissent de volupté et de mélancolie celui qui possède le souvenir éternellement fécond d'un air de Bellini, dont ils
servent à désigner la passion ou les nuances
de sentiment.*

*Lemud, enfant de Thionville, quand il fit à
Metz son apprentissage d'art, dut méditer
avec nostalgie l'aventure de Callot qui, gamin
de douze ans, pour voir de la belle peinture,
se sauva de Lorraine jusqu'à Rome, avec
des bohémiens. De là ce dessin, qui exprime
notre esprit de l'Est, bien que pour le styliser
il se soit souvenu du délicieux mythe méditer-
ranéen, du petit Tobie guidé par l'ange. Le
jeune, l'heureux Callot ! Les belles histoires
dont le nourrit son guide ! Qu'ils sont excités !
C'est l'image aimable d'une forte vocation ;
mais voyez-y davantage : reconnaissez le rêve
d'une race qui, depuis des siècles, se bat aux
extrêmes avant-postes contre les puissances*

de la Germanie pour l'idéal latin. Une pré-
disposition transmise avec notre sang nous
oriente vers le classicisme, nous détourne
d'Allemagne.

Cette médiocre lithographie déclanche (je ne
sais pas de mot plus direct) la chanson qu'a
mise en moi ma race, et qui m'entraînait,
belle comme un ange, romanesque comme une
fille tzigane, quand, à vingt-trois ans, pour
la première fois, j'allais de Nancy à Venise.

C'est à travers des cultures déjà méridio-
nales, mais grasses, miroitant de rosée le
matin et frissonnant sans trêve aux caresses
fécondes du ciel, que du Gothard ou du Bren-
ner on s'achemine vers Venise, éclatante et
sèche sur un marécage. Dans ces plaines, on
peut suivre, jour par jour, la mobilité des sai-
sons, et je songe au visage de Virgile qui rou-
gissait aisément. Au printemps, ces arbres me
tendent leurs branches fleuries avec l'innocence
infiniment civilisée des Luini, et, quand l'au-
tomne les charge de fruits, tout ce Veneto
agricole se fait sociable et voluptueux comme

un Concert du Giorgione. Je ne puis décider dans lequel de ses styles cette nature multi-forme m'enchante davantage. Mais, au terme du voyage, on trouve une ville toujours pareille sur une eau prisonnière.

Étincelante fête figée de Saint-Marc et du Grand Canal ! Venise a des caprices, mais n'a point de saisons, elle connaît seulement ce que lui en racontent les nuages quand ils montent sur le ciel pour épouser sa lagune.

Cette ville m'a toujours donné la fièvre. En vain, le matin, avec son bleu si tendre et quand elle sonne ses clairs angélus, en vain l'après-midi sur la Piazza, quand une musique et des jolies filles en châles ajoutent au meilleur des cafés, faisait-elle l'anodine. « Menteuse, lui disais-je avec amour, je sais bien tes poisons. »

Où n'imaginais-je point d'en trouver ? Pour les fiévreux tout est fièvre. Vers 1889, je dis-tinguais une mélancolie déchirante dans la peinture en S de ce Tiepolo où je ne vois plus qu'un adorable maître de ballet et le peintre aux teintes claires qui nous révéla les plus

délicieuses jambes. Combien d'heures je pas-
sai à la Bibliothèque de Saint-Marc ou bien
à la Querini, cherchant des interprétations
romanesques à ses recueils de « caprices! » Ils
sont luxe, facilité, invention intarissable, fai-
blesse, volupté, désespoir. Tiepolo dessine de
l'insaisissable : la tristesse physiologique,
l'épuisement de Venise. Partout un air de fête,
mais rien ne nourrit plus les puissances de la
République. Splendide bouquet, dont les
racines sont coupées à Candie, en Morée, sur
la terre ferme même. Sa lagune où elle plonge
la protège ; elle s'y fane pourtant. L'opéra
fait ses dernières, ses plus hautes roulades ;
on va baisser, éteindre la rampe. L'État
meurt. Et Venise dont les forces tarissent ne
dure que pour justifier nos regrets de ses
prestiges. Ainsi quand la délicieuse Chypre
vénitienne disparut sous le flot des Turcs,
rien n'y survécut de la métropole qu'Henri
Martinengo. Les vainqueurs le mutilèrent au
lieu de le tuer ; il demeura dans le sérail
du grand vizir...

Voilà quelles sensations, quand j'avais vingt-

quatre ans, je tirais des albums que Tiepolo a dessinés aux temps d'extrême carnaval où Venise adorait le brillant et léger Cimarosa. L'air fiévreux des lagunes se mêle à mes jugements. Et puis dans cette ville flotte un romantisme créé par nos pères, qui se précipite sur un visiteur prédisposé.

Nul lieu qui se prête davantage à l'analyse des nuances du sentiment, aux rêveries sur le Moi. Cette eau plate frissonne à peine sous la barque qui m'emprisonne ; de fastueux palais m'isolent de l'immense nature et de l'océan mouvant des phénomènes ; ici tout est d'humanité et d'une humanité figée, semble-t-il, fixée. « Les forêts futures se balancent imperceptiblement aux forêts vivantes, » dit avec une délicatesse puissante le malade Maurice de Guérin. Il faut tout le malaise où Venise nous met, et qui nous affine, pour que nous puissions sentir ce qu'elle dégage de ses extrêmes maturités ?

Sur le vaste miroir que la lune pâlissait, Jean-Jacques, puis Gœthe, entendirent de l'une à l'autre rive deux chanteurs alternés se

jeter les vers du Tasse ou bien de l'Arioste.
Plainte sans tristesse. Ces voix lointaines ont
quelque chose d'indéfinissable qui émeut jusqu'aux larmes. Une personne solitaire chante
pour qu'une autre animée des mêmes sentiments
l'entende et lui réponde. Le Tasse et l'Arioste
se taisent aujourd'hui. Mais si je m'écarte des
hôtels où des barques en feu débitent des cou-
plets napolitains, l'eau balancée, qui dans la
nuit s'écrase contre les vieilles pierres, m'intéresse à ses chuchotements, et puis, dans
un flot gras, s'empresse de noyer son éternelle
confidence.

Au printemps, en été, en automne surtout,
j'ai cherché à déchiffrer ce soupir suspendu,
cette tristesse voluptueuse dont Venise éternellement se pâme. Mon objet n'est point ici de
peindre directement des pierres, de l'eau, des
nuages, mais de rendre intelligibles les dispositions indéfinissables où nous met le paludisme
de cette ruine romantique.

*
*

La plupart des voyageurs qui décrivent
Venise, et les artistes avec qui tant de fois je
l'ai parcourue, ne cessent de se lamenter :
« Ah ! Venise, comme tu étais belle quand le
Grand Canal reflétait les façades de tes maisons
peintes à fresque, quand tes gondoles traî-
naient dans leurs sillages de fastueuses pièces
de velours, et surtout durant ces pompes
annuelles où la galère à la tête de bœuf para-
dait au large de San Giorgio Maggiore. »

Ces magnificences me parlent sans me conquérir. Tout comme un autre, je puis goûter
un décor où je tiens un rôle ; mais suis-je un
marchand de curiosités, un collectionneur de
bibelots, pour que des objets auxquels rien ne
me lie m'occupent ? « Fort bien, dis-je à la
beauté qui n'est point ma parente, fort bien,
mais on voudrait voir ton âme. Quand le poi-
gnard sortira-t-il de ce fourreau ? Frappe

donc, ô beauté ! » Rien ne m'importe qui ne
va pas fouiller en moi très profond, réveiller
mes morts, éveiller mes futurs. Je ne dédaigne
point les grandes courses de taureaux, car le
péril et le meurtre troublent les jeunes femmes,
ni certaines danses, car elles paraissent asser-
vir la beauté à la force mâle qui se repose et
qui regarde. Voilà des spectacles d'une valeur
universelle. Ils agissent sur notre inconscient
et par là, en tous lieux, à toutes les époques,
ils intéressent la vaste humanité, ou, plus
vaste encore, l'animalité chez l'homme. Les
taureaux de Séville, les danseuses de Bénarès
ou de Montmartre suscitent nécessairement
un émoi vieux comme l'amour et la mort.
Mais cette foire de la Piazzetta que regrettent
les dévots de Venise, croyez-vous que, pour
la visiter, je quitterais nos expositions uni-
verselles ? Et même, que me dirait la pompe
des rentrées victorieuses, le défilé devant
San Giorgio des galéasses qui vont atterrir
au môle de la Giudecca ? Je ne suis point
prédestiné pour les grandes cérémonies de
cette religion municipale.

Bien que mon amour de l'ordre, amour
auquel je m'oblige, et un sentiment instinctif
de reconnaissance, car il n'est point une civilisation dont je ne me déclare débiteur, me
convainquent de respecter tous ceux qui
présidèrent au développement des diverses
nationalités, je ne trouve qu'un froid plaisir
au musée municipal Correr et dans San Gio-
vanni e Paolo, où l'on voit les effigies et les
ossements des chefs vénitiens. Ceux-ci réu-
nissent à l'ordinaire trois caractères de
diplomate, de commerçant et de guerrier qui
les différencient des chefs de ma race. Ils
n'ont pas collaboré à ma notion de l'honneur.
Quand je parcourais la Grèce et que les forteresses franques m'occupaient, faut-il l'avouer?
plus que les vestiges de l'hellénisme, ce
n'étaient pas les grands guerriers commer-
çants de Venise que j'évoquais, mais tout
mon cœur rejoignait mes seigneurs naturels,
les aventureux chevaliers de Bourgogne et de
Champagne.

Au terme d'un livre fameux, Condorcet,

qui vient de tracer le « tableau des progrès
de l'esprit humain », déclare : « Cette contemplation est pour moi un asile où le souvenir de mes persécuteurs ne peut pas me
poursuivre. » Cette phrase, qui me touche
vivement, ne me vint jamais à l'esprit quand
j'essayais de m'imaginer la Venise glorieuse,
mais plusieurs fois elle exprima délicieusement ma pensée intime, tandis que j'errais aux
solitudes de la Venise vaincue.

Le génie commercial de Venise, son gouvernement despotique et républicain, la grâce
orientale de son gothique, ses inventions
décoratives, voilà les solides pilotes de sa
gloire : nulle de ces merveilles pourtant ne
suffirait à fournir cette qualité de volupté mélancolique qui est proprement vénitienne. La
puissance de cette ville sur les rêveurs, c'est
que, dans ses canaux livides, des murailles
byzantines, sarrasines, lombardes, gothiques,
romanes, voire rococo, toutes trempées de
mousse, atteignent sous l'action du soleil,
de la pluie et de l'orage, le tournant équi-
voque où, plus abondantes de grâce artistique,

elles commencent leur décomposition. Il en va ainsi des roses et des fleurs du magnolia qui n'offrent jamais d'odeur plus enivrante, ni de coloration plus forte qu'à l'instant où la mort y projette ses secrètes fusées et nous propose ses vertiges.

I

Je plains Venise au point où les siècles l'abandonnèrent, mais je ne voudrais point que ma plainte la relevât. C'est une bizarrerie ; s'il faut l'expliquer, je décrirai, entre mille impressions qui, selon moi, la justifient, ce que j'éprouvai quand M. Franchetti restaura la Cà d'Oro.

Pendant longtemps notre plaisir, devant ce chef-d'œuvre du gothique vénitien, eut la qualité douloureuse qu'inspire une beauté imprudente, si elle n'oppose aux fièvres que ses grâces. « Eh ! quoi, se disait-on, avec sa galerie du bas et ses deux loges superposées, avec ses colonnes et ses arcs transparents au soleil qui les baigne, et si délicatement ouvragée que le courant d'air du canal de-

vrait suffire à la déchirer comme une dentelle
de femme, cette maison d'Ariel vit depuis le
xiv° siècle? Comment ne pas s'attendrir d'une
telle vaillance? Que n'ai-je la fortune d'intervenir dans les destinées de ce petit palais!
Je voudrais le secourir. »

Le secours est venu. L'harmonieuse, l'aé-
rienne demeure ne demande plus notre com-
passion, elle prétend à notre hommage
admiratif. Avec plaisir, je le lui portai, mais
tout de suite comme elle me parut luxueuse
et d'un goût trop riche! Je me sentis froid
pour un art qu'aucun mystère ne baignait plus.

En face de cet heureux joyau qu'admiraient
de nombreuses barques, et sur ce Grand
Canal inondé de soleil, l'image s'offrit à moi,
avec une grâce irrésistible, des régions écar-
tées de Venise.

A côté de cette voie pompeuse où l'on parvient à maintenir, tant bien que mal, quelques
beaux instants de l'apogée vénitienne, tous
les petits sentiers de pierre ou d'eau, *rio*,
fondamenta, *salizzada*, *calle*, continuent lentement leur régression. Ce réseau solitaire

nous invite au plaisir délicat du repliement.
J'y désirai revoir, entre mille perles malades,
l'humble et délaissée Sainte-Alvise.

Sur la droite de la Cà d'Oro, par le rio
San Felice, mon gondolier s'engagea...

Le charme puissant de ces petits canaux,
pleins d'ombre dans le bas et violemment
illuminés au faîte, vient en partie du contraste
de leur fraîcheur avec la réverbération du
soleil sur les eaux plus larges. Jusqu'à midi,
dans ses quartiers pauvres et resserrés, Venise
a cette jeunesse étincelante qui, dès neuf
heures, disparaît de la campagne avec la
rosée. Et puis, que les cris sont jolis dans
son grand silence ! Ce silence, à bien l'observer, n'est pas absence de bruits, mais
absence de rumeur sourde : tous les sons
courent nets et intacts dans cet air limpide
où les murailles les rejettent sur la surface
de la lagune qui, elle-même, les réfléchit
sans les mêler. C'est ainsi que, dans les solitudes forestières, les trilles des oiseaux, parce
qu'ils gardent pour notre oreille une signifi-

cation précise, font valoir le repos plutôt qu'ils ne le rompent.

Le mouvement des ondes sonores va sur Venise, comme l'ondulation perpétuelle de l'eau, sans heurts et sans fatigue. Les sons jamais ne nous y donnent de chocs; on les goûte, on connaît leurs qualités, leurs sens. Tandis que l'eau se déplace avec un frais murmure sous le poids de mon gondolier, j'entends au loin s'approcher, s'effacer les pas d'un promeneur invisible, dont je distingue la jeunesse légère ou l'âge alourdi, et dans ces quartiers solitaires la chaussure d'un étranger ne fait pas le claquement des sandales de bois d'une humble Vénitienne.

Inappréciable netteté de ces sensations qui viennent avec abondance émerger sur notre organisme délicieusement hyperesthésié! Une telle tension nerveuse serait intolérable dans un climat sec, mais Venise nous baigne et, sauf les jours de sirocco, ne nous laisse pas savoir que nos nerfs sont à vif.

Pour les yeux non plus, rien n'est incertain ou confus dans Venise. Nous y recueil-

lons sans trêve des images distinctes, qui
jamais ne se heurtent, et, de quelque point
qu'on les embrasse, elles se disposent mer-
veilleusement. La pauvre loque jaune, violette ou rouge, qui sèche sur une fenêtre, fait
à elle seule une valeur somptueuse, en même
temps qu'elle concourt au romantisme général du palazzo, rose et lumineux par en haut,
vert et humide par en bas, et de tout le canal
qui s'enfonce avec ses barques stationnaires,
avec ses poteaux d'amarre, avec ses eaux
miroitantes ou mornes. Dans ces paysages de
pierre, si de quelque petit jardin un arbre
élève ses hautes branches et par-dessus un
mur les abaisse sur le sentier d'eau qui les
reflète, cette rareté végétale ajoute un miracle
de jeunesse aux prodigalités de l'invention
architectonique.

Bien que les choses vénitiennes soient ser-
vies par des jeux de lumière, il ne faudrait
pas aller jusqu'à dire : « Ce sont des artifices
de théâtre, toutes les combinaisons des
nuages et de l'eau », car au milieu d'une mise
en scène assez savante pour que des torchons

délavés semblent les voiles d'une sultane invisible et pour qu'un tilleul malingre chante,
si j'ose dire, et devienne, au tournant d'un
canal, une voix sublime, il y a des ingénuités
déconcertantes : sur ses arrière-plans, cette
Venise courtisane disperse des perfections
qu'un musée exalterait dans sa salle d'honneur. Ce matin d'octobre, sur le chemin par-
couru trente fois par où je gagne Sainte-
Alvise, je fais encore des découvertes. Les
feuilles rouges d'une vigne masquent au mur
une Vierge de quelque Sansovino, une belle
vierge réaliste qu'on entrevoit humble et belle
comme un fruit et que l'artiste plein de
goût posa lui-même dans cette place.

Mélancolie délicieuse de ces palais désho-
norés par des fenêtres closes de planches,
pillés par tous les marchands et plus dignes
d'amour dans cette détresse que leurs frères
du Grand Canal, réparés, irréparables, où
je crois voir à la loggia le visage de Jézabel.

Auprès de Sainte-Marie-de-la-Miséricorde,
ma barque franchit un des rares ponts de
bois qui subsistent du moyen âge. Puis la

porte de l'ancienne Scuola me présente, au-
dessus d'un arc exquis, des figures touchantes
d'humilité et d'élégance, cependant qu'à
côté de ce précieux morceau gothique,
l'Église de la Miséricorde ne veut pas que
je néglige les moyens d'étonner dont la
surchargèrent les Bolonais du XVIIᵉ siècle.
Deux mouvements encore de mon gondolier,
et pour qu'ici toutes les puissances de Venise,
sans se confondre, s'affirment, voici le palais
délabré où vécut vingt années et mourut
le Titan Tintoret, auteur de cette *Crucifixion*
(à la Scuola San Rocco) dont je m'étonne
que les innombrables personnages, si furieux
de vie, aient pu tenir en même temps dans
un cerveau.

Je regarde les balcons croulants d'où cet
homme, lourd d'une œuvre qui déconcerte
notre expérience des forces humaines, a puisé
dans les pompes du levant et du couchant
son incomparable tragique. C'était un dur
vieillard, et qui devint farouche quand il
perdit sa fille Maria, avec qui sa coutume
était d'emplir de beaux concerts cette heu-

reuse maison. Si le portrait que l'on appelle
la fille du Greco (aujourd'hui dans la collection de sir Stirling Maxwell, à Londres)
doit être restitué, comme certains pensent,
au Tintoret, je voudrais que ce fût l'image
de sa chère Maria...

Michel-Ange, Shakspeare, Beethoven, Balzac, et je penche à leur adjoindre ce Tintoret,
veulent abattre à coups de front — front de bé-
liers sublimes, comme celui du *Moïse* cornu —
les parois qui emprisonnent l'intelligence humaine. Éternel *Ignorabimus !* Tous et toujours
nous demeurerons emprisonnés dans notre
ignorance. Mais à l'intérieur de ces hautes
murailles qui cernent l'humanité, le génie
subit une pire solitude : d'épaisses cloisons
l'isolent de ses contemporains. Dans cette
maison demi-éboulée qu'habitent encore,
paraît-il, ses lointains héritiers, Tintoret subit
l'abandon, puis la mort. On dit que les grands
artistes, avant que tombe sur eux la nuit
définitive, connaissent une suprême illumi-
nation, un jet plus haut de leur génie.
Beethoven, dans son dernier moment, recou-

vra l'ouïe et la voix ; il s'en servit pour répéter
certains accords qu'il appelait ses « prières à
Dieu ». Par lesquels de leurs personnages
Shakspeare et Balzac se virent-ils assister
au seuil de la mort ?

C'est une grande audace qu'un passant ose
s'interroger sur les pensées d'agonie, sur les
« prières à Dieu » du Tintoret ; mais il y a
dans Venise cette douce sociabilité, cette
atmosphère exquise et simple dont un salon
aristocratique enveloppe le plus insignifiant
invité au point de lui donner la brève illusion
qu'il est de la famille. Un étranger, que son
aigre pays ne préparait point à s'associer
à ces magnificences excessives, va tout naturellement dans l'église voisine, à la Madona
del Orto, saluer avec sympathie la tombe du
Tintoret.

Le lecteur excusera-t-il que, depuis la Cà
d'Oro, nous naviguions si lentement vers la
petite église Sainte-Alvise, située à la pointe
nord-ouest de Venise, mais où, tout de même,
nous pouvions arriver en vingt minutes ? Je

cherche à rendre sensibles les impressions d'une flânerie du matin. C'est une des cent promenades, en dehors des magnificences classées, dans la pleine et abondante vie vénitienne.

Les guides ignorent Sainte-Alvise, que Burckhardt se borne à mentionner, et le seul Ruskin la célèbre éperdument. L'abandon de tout ce quartier, son silence, l'herbe qui croît et la présence continuelle du passé collaborent à la physionomie d'une telle petite église, un peu en recul sur son perron de trois marches, dans une place déserte, usée lentement par le clapotis de l'eau, mais où la limpidité de l'air ne laisse pas déposer une poussière.

On trouve à Sainte-Alvise de belles œuvres de Tiepolo et des petits tableaux puérils, les premiers que peignit Carpaccio. Quelle virtuosité tendre et lyrique dans ces Tiepolo ! S'il peignit alternativement, comme je le crois, des ballets et des opéras, ne cherchez point ici des jambes adorables, mais l'un de ses grands airs, une composition héroïque et romanesque que baigne l'atmosphère du Tasse

ou de l'Arioste. Avec les mêmes qualités que
sa Cléopâtre du palais Labbia, c'est une brillante variation sur le thème de Jésus entre les
larrons. Pour prendre le bon point de vue
sur cette toile, gravissez une tribune bran-
lante parmi les toiles d'araignées : voici
l'orgueil romain qui joue de la trompette, un
fier cheval (auprès de qui celui d'Henri Re-
gnault et du général Prim se donne bien du
mal pour avoir des reins), et puis les deux
bandits juifs. Cette trompette toujours et
surtout ! elle emplit les oreilles du spectateur : c'est elle qui précipite dans les airs ces
fanfares de couleurs. Quant aux disciples,
grands, élégants dans leur douleur, quel noble
deuil de patriciens ! La pompe de Tiepolo est
très propre à désobliger les personnes qui
ont de l'humilité d'âme. Elle contraste avec
les huit tableautins que peignit Carpaccio
dans sa première enfance. Sur de telles
reliques, vous pensez si Ruskin s'excite ! Les
visiteurs que leur tempérament, leur sexe
féminin, leur religion anglicane et surtout
leur virginité, disposent à supporter les ba-

3

vardages ruskiniens, goûteront un plaisir complet s'ils songent que Carpaccio, quand il s'exerçait à ces bégaiements, gentil enfant du peuple, avec un costume pittoresque, ressemblait certainement beaucoup à ces gamins qui, sur le *campo* de Sainte-Alvise, guettent l'approche d'une gondole et courent chercher le sacristain pour qu'il ouvre la porte de l'église...

C'est un précieux coffret, cette église défaillante qui cache dans un lointain quartier la maëstria du dernier des grands Vénitiens et les tâtonnements de leur initiateur; mais, fût-elle dépouillée de ses trésors par la brocante, elle n'en parlerait pas moins, car, plutôt qu'un objet, elle semble une personne, oui, vraiment, une créature modeste, exquise et sans défense.

Le soleil et l'humidité viendront à bout de Sainte-Alvise, où leurs deux puissances se combattent. Mais cette agonie prolongée, voilà le charme le plus fort de Venise pour me séduire. Et si l'on juge d'après une sensibilité que je ne prétends pas commune à toutes les

âmes, mais que je voudrais rendre univer-
sellement intelligible, les magnificences des
grandes époques vénitiennes et la Cà d'Oro
restaurée ont moins de pointes pour nous
toucher au vif que les mouvements d'une
ville quand sa désagrégation libère des beautés et d'imprévues harmonies que contenaient
ses premières perfections.

Jamais cette Venise moderne ne nous émeut
davantage que dans les quartiers écartés de
son cœur, d'où toute richesse se retire. Ah!
bénissons sa pauvreté! Une administration
qui jouirait d'excédents budgétaires ouvrirait
certainement de larges voies, voudrait mener
les trains jusqu'à la *Dogana* et jeter un pont
sur le canal de la Giudecca. Se bornât-elle à
soigner ses merveilles, que déjà je m'inquié-
terais. Admirons et encourageons ceux qui
consolident Venise, mais craignons les « res-
taurations », qui sont presque toujours des
dévastations. Nous ne voulons pas qu'on
paralyse rien, fût-ce une ville morte, fût-ce
un ordre d'activité, que j'ose appeler la vie
d'un cadavre. Il ne faudrait point qu'une dis-

cipline générale figeât ces canaux de fièvre et vînt étendre sur la beauté cette perfection convenue qui glace dans les musées.

Ces allées secondaires, étroites, obscures, mystérieuses, serpentantes, sont les réserves où Venise, sous l'action du soleil, de la pluie, du vent et de l'âge, continue ses combinaisons.

Acceptons qu'elle nous montre des états éloignés de ses magnifiques floraisons historiques dont nous avons, comme elle, perdu l'âme. Le soleil aussi passera de la phase éclatante, de la phase jaune, à cette phase rouge que les astronomes appellent de décrépitude. Le centre secret des plaisirs, tous mêlés de romanesque, que nous trouvons sur les lagunes, c'est que tant de beautés qui s'en vont à la mort nous excitent à jouir de la vie.

II

UNE SOIRÉE DANS LE SILENCE ET LE VENT
DE LA MORT

Le secret des puissances qu'a Venise sur les rêveurs, on le saisit mal tant que l'on étudie une à une ses perfections. Pour nous faire une philosophie des choses, il faut que notre barque s'éloigne du rivage et que nous embrassions l'ensemble. Sur la lagune on peut connaître les états extrêmes où parviendra la ville des doges si nulle intervention grossière ne contredit sa destinée, si les bandelettes des embaumeurs ne viennent pas entraver ses successives délivrances, ses mouvements vers le néant.

A quelques heures de gondole, visitons la brèche où le silence et le vent de la mort, déjà installés, prophétisent comment finira la civilisation vénitienne. Dans Saint-Michel, Murano, Mazzorbo, Burano, Torcello et Saint-François-du-Désert, îlots épars sur cet horizon désolé, les hommes de jadis essayèrent plusieurs Venises avant de réussir celle que nous aimons, et le chef-d'œuvre se défera comme aujourd'hui les maquettes où ils le cherchèrent.

Nulle ville mieux orientée que Venise. Les magnificences du Grand Canal ont le soleil pour coadjuteur. Si nous passons à la partie septentrionale, que n'atteignent plus ses rayons directs, déjà le frissonnement de l'eau, l'atmosphère tout accablée attristent nos sens. Dès les *fondamente nuove* où l'on embarque pour ces îles mortes, l'imagination qui n'est plus soutenue et concentrée par les monuments de l'art, accepte des impressions plus vagues, se disperse en rêveries et flotte sur l'horizon de deuil.

La première étape de ce pèlerinage, c'est, après vingt minutes, Saint-Michel, l'île de la Mort. Ce cimetière de Venise est clos par un grand mur rouge, et présente une cathédrale de marbre blanc, avec une maison basse, rouge elle aussi, dont les fenêtres ouvrent sur

les eaux vertes et plates à l'infini de cette mer
captive. Chateaubriand remarqua ces fenêtres,
en 1831, quand il se rendait de Venise à
Goritz auprès de Charles X. Chassé jadis du
ministère par ses coreligionnaires, il leur
avait dit : « Je vous montrerai que je ne suis
pas de ces hommes qu'on peut offenser sans
danger. » Il était de ceux (au dire de Guizot)
envers qui l'ingratitude est périlleuse autant
qu'injuste, car ils la ressentent avec passion
et savent se venger sans trahir. Sa vengeance,
maintenant, il la tenait ; il allait s'incliner
respectueusement devant le vieillard déchu :
« Sire, n'avais-je pas raison ? » Plaisir d'orgueil, satisfaction amère et qui ne rétablit
rien. La gloire sans le pouvoir, c'est la fumée
du rôti qu'un autre mange. Le brisement de
la mer sur des pierres délitées qui protègent
un charnier lui aurait donné un rythme large
pour le psaume monotone de ses dégoûts.

Bœcklin a peint une « Ile de la Mort »
fameuse en Allemagne. Il put prendre à San
Michele son point de départ. Sa toile cherche
le tragique par de longs peupliers lombards,

par des cyprès, de lourdes dalles, par le
silence et des eaux noires ; mais la joie des
gondoliers y manque qui conduisent ici les
cadavres et qui, couchés dans leur barque
mouvante, à la rive du cimetière, plaisantent
en caressant un fiasque. Pour nous désespérer
sur notre dernière demeure, il ne faut pas
l'environner d'une horreur générale ; c'est
nous flatter, c'est un mensonge ; faites-moi
voir plutôt l'indifférence : seules pleurent deux
ou trois personnes impuissantes et bientôt
elles-mêmes balayées, pour qu'il en soit de
nous et de notre petit clan exactement comme
si nous n'avions pas existé (1).

Franchissons ce digne seuil de notre voyage,
cherchons plus avant des images plus funèbres
et plus rares.

Notre gondole oblique de San Michele vers
sa voisine, Murano. Tous les étrangers y
visitent les verreries, et les poètes commé-
morent les délices de ses jardins, fameux

(1) *On trouvera les notes à la fin du volume.*

dans toute l'Europe avant que la République
eût fait la conquête de Padoue et que les
grands seigneurs peuplassent la Brenta.
C'est ici qu'au milieu des fleurs de l'Orient,
que la nuit faisait plus odorantes, et tandis
que la vague balançait les gondoles à la
rive, les voluptueux, les amants discrets et
les politiques venaient s'attarder sous le
masque. Mais à travers ces ruelles et ces
sombres canaux, cinq siècles d'art sont trop
contrariés dans leur décomposition pour que
les amants eux-mêmes du romanesque, du
douloureux et de l'extrême automne, y puissent séjourner. C'est bien que les puissants
et délicats palais sarrasins, lombards, gothiques, reçoivent sur leurs marches déjointes
l'eau que chasse en glissant notre barque;
c'est bien qu'aux deux rives leurs façades
perpétuent la galerie du rez-de-chaussée, la
loge du premier étage, les gracieuses fenêtres
en guipure de pierre et les marbres de couleur;
mais pourquoi des planches, des briques,
pourquoi de grossiers matériaux apportés par
la misère sordide étançonnent-ils des œuvres

de luxe qui se refusaient à persévérer dans la vie ? Ces logis, abandonnés par l'intelligente aristocratie de marchands qui les édifia, n'épuiseront pas noblement leur destin. Dégradés par une appropriation industrielle, ils deviennent d'ignobles masures, quand ils pouvaient être un pathétique mémorial. La mort qui les couvre de ses sanies ne leur apporte ni le repos ni l'anonymat. Notre guide nous désigne des cloaques : « Ici furent les chambres consacrées à la musique, à la poésie, à l'amour, par de jeunes patriciennes et par des artistes. » Une telle exploitation de l'agonie passe en déplaisir le cimetière de San Michele. Puisse-t-il mentir, ce miroir présenté à Venise ! Allons chercher, toujours plus loin, des précédents qui promettent à la beauté qu'elle mourra intacte. Sur l'extrême lagune, des îlots flottent, dit-on, où les plus précieux objets s'abîment sans mélange aux liquéfactions de la mort.

Notre gondole balancée longeait et tournait le mur qui ferme Murano. Sur ces eaux peu

profondes et pâles, qui présentent parfois les
couleurs excessives des fleurs d'automne,
nous suivions un chenal entre des balises,
tandis qu'affleurait çà et là un limon mal dis-
sous. Une voile, violemment colorée d'ocre,
coupait seule devant nous le frémissement
brillant de l'air et la solitude de la plaine. Ces
vastes espaces liquides, qui, vers le septentrion,
bordent la ville des doges, sont aussi tristes
que la campagne romaine : l'artiste et le philosophe aiment à peser cette désolation presque
palpable et lourde comme la vraie beauté.

Mazzorbo, Burano au loin émergèrent pareilles à des nymphéas flottants. Mazzorbo
eut jadis des couvents de Bénédictines. Nobles
viviers pour le plaisir ! Le doge André Conta-
rini, au xvıe siècle, se faisait un mérite
d'avoir résisté aux séductions des religieuses. Ces belles complaisantes, sans doute
grasses comme des cailles, ont depuis longtemps augmenté de leur chair pécheresse la
maigre terre végétale de l'îlot. Elles revivent
dans les grenades, les figues et le lierre
vigoureux qui composent une parure classique

à des ruines informes. Comme on aime ces fruits, parmi ces décombres et cette misère, de n'avoir pas désespéré ! Ils ont de la rosée le matin, et le soir des couleurs éclatantes, des parfums plus forts que la fièvre. Sur une chaussée marécageuse et déserte, ces bouquets espacés d'allègre végétation semblent l'effort de quelque magie. Les beaux bras des nonnes impénitentes se tendent encore du rivage sur la mer dans ces longs acacias.

Un pont de bois réunit Mazzorbo à Burano. Ce second îlot rappelle Martigues, en Provence, que Charles Maurras m'a fait aimer, mais qui ne montre ni ces tons roses, ni cette indigence.

Sur le seuil des maisons basses, le long du canal ou dans une rue pauvre, on voit les dentellières faire leur point fameux, non pas avec le fuseau, mais avec l'aiguille à coudre. Ces belles affamées se détruisent la vue pour créer des parures fragiles, dont c'est juste de dire qu'elles coûtent les yeux de la tête. Les hommes sont pêcheurs, mais l'Adriatique s'appauvrit de poissons en même temps que

la vente devient moins rémunératrice. Misère
nécessite saleté ; ces pauvres pourrissent leur
sol que pourrit aussi la lagune.

Dans ce nid de boue, j'ai souhaité que la
désolation s'aggravât d'un degré, afin que
l'humanité disparût d'un site où elle ne peut
plus se nourrir. La mort ne rabattrait rien
d'un spectacle dont elle fait la magnificence.

Quand notre gondole, après avoir navigué
un quart d'heure dans cet éternel silence,
toucha la boue du rivage, nous suivîmes un
sentier, le long du canal de desséchement,
entre deux haies de raisins, de grenades et
de figues mêlés, pour atteindre l'unique place
de Torcello, où l'on trouve la cathédrale de
Santa-Maria, l'église de Santa-Fosca et le
Baptistère.

La cathédrale est de cette sorte d'églises
qui se rattachent aux basiliques romaines. Le
Baptistère octogonal et le petit temple de
Santa-Fosca appartiennent au noble système
byzantin, qui ne donne pas de perspective
longitudinale, mais a pour élément essentiel

la coupole centrale. Quand cette petite place
ne nous présenterait pas des beautés suivant
notre goût, ces styles vénérables nous invi-
teraient du moins à rêver sur l'histoire. Les
joyaux de Torcello ne cèdent à rien de Venise
et sont figés dans une mort aussi forte que
Ravenne.

Un vent tragique soufflait sur ces trois
sépulcres, qu'une femme aux longs voiles
vint rapidement nous ouvrir. Il semblait
qu'elle fût pressée de retourner chez elle
veiller un cadavre. Quand nous pénétrâmes à
Santa-Maria, une moisissure d'eau et de siècles
arrêta notre respiration : le bruit de la lourde
porte qui retombait en s'opposant à l'air et au
soleil nous parut le glissement d'une dalle
sur un in-pace. Que ne puis-je lire les mosaïques qui tapissent la cathédrale ! J'y trouverais tout un système dogmatique et poétique ; j'entendrais la voix mystérieuse de
l'an mil, car, autant qu'il décore, cet art
explique : il est une écriture figurative. Je ne
sais pas déchiffrer ces magnifiques rébus, et
quand je comprendrais leurs lettres, leur

esprit me deviendrait-il intelligible ? Pourtant
j'appréciai dix-sept têtes de morts enfilées par
les yeux, auxquelles faisaient pendant dix-
sept têtes vivantes avec des boucles d'oreilles.
Élégante variation sur nos frivolités ! Cette
double brochette nous convainc mieux que les
danses qui bouffonnent aux murs du cimetière à Bâle.

La pureté, la jeunesse, la grâce de ces trois
monuments oubliés dans cet éternel novembre
font la boue malsaine de Torcello voisine,
dans mon amitié, de la prairie pisane, où le
Dôme, le Baptistère, la Tour penchée et le
Campo-Santo maintiennent un printemps plus
doux que l'avril sicilien. Sous deux climats
moraux différents, Pise et Torcello sont également excitateurs de l'âme. La prairie pisane
et son trèfle architectural à quatre feuilles
s'enorgueillissent d'une féconde invention
artistique, car l'esprit renaissant y soumit la
matière à des lois nouvelles ; Torcello se borne
à utiliser les fragments antiques suivant un
système traditionnel : l'homme reçoit ses motifs d'action et des tombes et des berceaux.

La vénérable basilique, le Baptistère et
Santa-Fosca furent construits avec les ruines
d'Altina, édifiée, elle-même, par des fugitifs,
alors qu'Attila venait d'anéantir la puissante
Aquilée; et cette succession de désastres, qui
tient dans un bref espace de siècles, donne à
l'imagination une vaste perspective. J'eusse
aimé de m'y attarder, mais comment passer
plusieurs jours sur ce sol malade ? Une fièvre
apportée par l'air et par l'eau le corrompt,
cependant que lui-même s'empoisonne de ses
émanations.

De cette terre pourrie, des enfants avaient
surgi et augmentaient à toute minute. On
n'imagine pas de pauvres plus sympathiques
et plus abandonnés. MM. Molmenti et Man-
tovani, historiens véridiques, virent une
femme manger une tranche de polenta avec
une galette de terre pressée en guise de pain.
Le jeune troupeau de ces condamnés à la faim
et à la fièvre me poursuivait en m'offrant des
trèfles à quatre feuilles. Enchantés de ma cré-
dulité, ils ravagèrent les ruines, et, ma gondole déjà loin, ces infortunés marchands de

bonheur me tendaient encore des talismans à
pleines poignées.

Au quitter de Torcello et revenant vers
Venise, nous côtoyons des espaces où la
pourriture s'est faite liquéfaction. Le gondolier nous désigne l'emplacement où fut l'Isola
delle Donne, « l'île des Dames ». Insalubre et
battue de courants marins, cette île, qu'or-
naient de nombreuses églises, devint un nid
de serpents et de voleurs ; en 1665, on y
transporta les ossements exhumés des églises
trop pleines. Confus amas que l'industrie
moderne employe impudemment à raffiner
ses sucres. On affirme que les restes du
fameux doge romantique, Marino Faliero,
échouèrent ici pour cet usage. Les poètes,
dégoûtés par cette utilité industrielle, vont
jeter par-dessus bord un héros qui pourtant
leur a rendu bien des services. Finir dans la
mélasse et dans les poèmes d'opéra, c'est trop
de platitude. Il vaudrait mieux dans un
charnier infâme rassasier les chiens de Jézabel.

4

Je me penchais vainement sur la lagune
polie et homogène pour distinguer Anania,
l'îlot qu'elle a submergé. Les plongeurs visitent, sous ces eaux mortes, des maisons en-
glouties avec leurs richesses architecturales.
Tandis que j'essayais dans le silence d'entrevoir ce passé, les minces sons d'une musique
qui faisait danser, en l'honneur de Sainte-
Marie-du-Rosaire, dans une salle basse de
Burano, traversèrent ces vastes espaces
éblouissants. Le désert donnait cette fête
suave sans spectateurs, mais un peuple entier se fût retenu de respirer pour n'en pas
ternir la délicatesse.

La journée s'avançait quand nous tou-
châmes à Saint-François-dans-le-Désert et
aux parties les plus sublimes de désolation.
L'heure tardive collaborait avec le paysage.
C'est dans cet îlot que François d'Assise, au
retour d'Égypte, débarqua. Il voulut prier ;
les oiseaux tapageaient ; il leur dit la parole
fameuse : « Petits oiseaux, mes frères, cessez
de chanter, sans quoi je ne pourrais louer

Dieu. » En Ombrie c'eût été une gentillesse,
mais dans ce décor tragique cette parole a
tout dévasté. Quand il eut fait oraison, le
saint fut coupable de ne pas ranimer le ra-
mage des oiseaux.

« Le soleil d'Assise, dit Dante, épousa une
femme à qui, comme à la mort, personne
n'ouvre la porte du plaisir. » Quels sont les
amants que désignent ces paroles mystérieuses? François et la Pauvreté. Voilà un
beau décor pour ce mariage mystique. Un
chien aboyait derrière les hauts murs du couvent des Franciscains qui ne laisse libre sur
l'îlot qu'une étroite bande de désert.

Nul sujet de rêverie ici que la préparation
à la mort. Des lieux d'un tel caractère pro-
voquent chez tous les hommes, moines catho-
liques ou passants sceptiques, quelques doctrines qu'ils professent, un ébranlement de
même ordre. Les solitaires chrétiens appe-
laient vivre pour l'éternité ce que nous appelons s'observer, comprendre le néant de la
vie. Plongés dans un même milieu, nous
élaborons, tous, des raisonnements et des

images analogues. De plus en plus dégoûté
des individus, je penche à croire que nous
sommes des automates. Nos élans les plus
lyriques, nos pensées les plus délicates sont
d'un ordre tout à fait grossier et général.
Enchaînés les uns aux autres, soumis aux
mêmes réflexes, nous repassons dans les pas
et dans les pensées de nos prédécesseurs.

Je fus averti qu'un tel jour approchait de
son terme par les torrents de sang qui se
mêlèrent à la lagune. Le soleil, en la quittant,
ne voulait-il laisser derrière lui qu'une belle
assassinée? De monstrueuses araignées tra-
vaillaient à relier de leurs fils les chétifs
arbustes de la rive. Les crabes se hissaient
hors de l'eau. C'était l'heure de la plus active
fermentation, et pour gagner Venise j'avais
encore un long temps de gondole.

L'eau qui entoure San Francesco est plus
morte que sur aucun point de cette mer es-
clave. Nous serpentions dans un chenal étroit,
à travers des terres demi-noyées et faites
d'herbes pourries, d'où se levaient de grands

oiseaux. Tout auprès de nous, les perches
dressées pour avertir les bateliers semblaient
des tracés posés sur un tableau sublime pour
guider d'inhabiles copistes. Là-bas, sur notre
droite, Venise, au ras de la mer, s'étendait et
devait faire une barre plus importante à mesure que le soleil s'anéantissait. Des colora-
tions fantastiques se succédèrent qui eussent
forcé à s'émouvoir l'âme la plus indigente.
C'étaient tantôt des gammes sombres et ces
verts profonds qui sont propres aux ruelles
mystérieuses de Venise; tantôt ces jaunes,
ces orangés, ces bleus avec lesquels jouent
les décorateurs japonais. Tandis qu'à l'Occident le ciel se liquéfiait dans une mer ardente,
sur nos têtes des nuages enivrants de magnificence renouvelaient perpétuellement leurs
formes, et la lumière crépusculaire les péné-
trait, les saturait de ses feux innombrables.
Leurs couleurs tendres et déchirantes de
lyrisme se réfléchissaient dans la lagune, de
façon que nous glissions sur les cieux. Ils
nous couvraient, ils nous portaient, ils nous
enveloppaient d'une splendeur totale, et, si je

puis dire, palpable. Vaincus par ces grandes
magies, nous avions perdu toute notion du
réel, quand des taches graves apparurent,
grandirent sur l'eau, puis nous prirent dans
leur ombre. C'étaient les monuments des
doges.

Nous rentrâmes dans la ville avec un sentiment de stupeur et de regret, avec la cour-
bature générale que dut avoir Lazare à sa
résurrection. Au sortir des sépulcres de
Burano, de Torcello et de Mazzorbo, nous
venions d'être ravis, la fièvre aidant, jusqu'aux fulgurations que les croyants placent
après la mort.

Au reste, il est impossible de rapporter
l'agonie du soleil sur la lagune vénitienne.
Après s'être prodigué jusqu'à nous con-
traindre à sortir de notre personnalité, il nous
touche le front d'un dernier rayon pour nous
dire : « Et maintenant, oublie ; il ne faut pas
que ces choses soient révélées. » C'est qu'a-
lors nous atteignons aux points extrêmes de
la sensibilité, quand le rare s'élargit et se
défait dans l'universel, et que notre imagina-

tion, à poursuivre le but sans trêve reculé de nos désirs, s'abîme dans une lassitude ineffable. La nuit qui succède à ces aspects extraordinaires envahit aussi notre cerveau, et leur conjuration ne nous laisse que des souvenirs vacillants.

Je suis allé respirer un myrte du désert : comment prouver son parfum, dont la poésie provient de ce qu'il se dissipe stérilement et retombe aux miasmes d'un rivage décrié !

III

LES OMBRES QUI FLOTTENT SUR LES COUCHANTS
DE L'ADRIATIQUE (2).

Il faut pourtant faire un effort. Ne soyons
pas si lâches que d'épeler Venise, ses pierres,
ses eaux, ses rivages et de renoncer à lire sa
pensée. Essayons de lui saisir l'âme. Si nous
ne recueillons rien de la grande Venise
commerçante et dominatrice, qu'est-ce donc
que notre augmentation de poids sur ses
lagunes? Au risque de laisser en chemin une
partie des sentiments dont un séjour à Venise
nous charge, essayons de les dénombrer.
Revisons avec une volonté systématique ce
que nous avons d'abord enregistré à notre insu.
Le plaisir d'une longue réflexion métho-
dique n'est pas inférieur aux abandons de la
rêverie.

Il y a, tout au bas, dans Venise, une population débonnaire, naïve, ignorante du mal : de vrais pigeons. Oui, des pigeons. Le mouvement de l'oiseau, son frisson qui monte jusqu'à son cou en soulevant un peu son duvet, c'est le geste de la Vénitienne écartant soudain les coudes pour rouler son châle sur la nuque, pour mieux en disposer les plis. Et puis, son regard si honnête, si doux, content de plaire à l'étranger sans mauvaise pensée, moins d'une femme qui connaît son prix que d'un bon animal qui promène et lustre, comme veut la nature, sa beauté !

Les gens du peuple, à Venise, sont pauvres, très pauvres. Aussi leurs frères, les pigeons de la place Saint-Marc, se méfient-ils. Les chats aussi se méfient. Parfois, me promenant le soir, j'ai vu un homme penché dans l'ombre, et puis une longue plainte ; l'homme serrait avec ses deux mains.

Au-dessus de cette plèbe, l'antique aristocratie subsiste, qui habite toujours ses palais de famille. Désirez-vous y louer un étage, vous l'aurez tout meublé, et, si vous insistez

pour acheter le palais même, je pense que
pour cent mille francs vous obtiendrez une
belle demeure historique (mais il faudra
dépenser la même somme pour les répa-
rations urgentes). Ce n'est point que ces
descendants des Magnifiques manquent d'argent, mais leurs intérêts sont dans leurs propriétés du Veneto. Ils manquent encore moins
d'esprit, mais ils ne sont plus reliés à rien
dans Venise où le patriotisme municipal fut
toujours leur vertu et le service de l'État leur
emploi. Quand cette grande tâche qui les portait leur fut enlevée, ils glissèrent naturellement aux mœurs de leurs compatriotes, c'est-
à-dire à l'indolence.

A travers les siècles, en effet, les Vénitiens,
doucement et despotiquement gouvernés par
une étroite oligarchie qui fit de l'espionnage
son principal moyen intérieur, ont vécu dans
une telle méfiance qu'ils se sont désintéressés
de la chose publique. Quand la ville perdit
son indépendance, elle ne devint pas triste.
En 1824, Stendhal écrivait : « Les Vénitiens,
les plus insouciants et les plus gais des

hommes, se vengent de leurs maîtres et de leurs malheurs par d'excellentes épigrammes. » Aujourd'hui cette grande République semble tout bonnement la ville italienne moderne, aimable, cancanière, à peu près pareille aux autres (du moins pour nos yeux mal avertis d'étrangers).

La République de Saint-Marc est morte, aussi morte que l'Égypte des Pharaons. L'une comme l'autre ont laissé des témoignages fastueux, mais leurs efforts et leur grandeur ne se rattachent plus à rien de réel. L'activité et l'ordre de l'univers sont à cette heure comme si Venise la guerrière, la dominante, n'avait point guerroyé ni dominé. Nul de ceux qui poursuivent les aspects du soleil sur le Grand Canal et qui prennent des glaces sur la Piazza et qui disent : « Combien j'aime Venise ! » ne signifie par là qu'il recueille l'héritage de volontés et d'aspirations que symbolise le lion de Saint-Marc. A proprement parler, pour nous, il n'est plus de Vénitiens. La population réelle de Venise semble faite de cosmopolites, millionnaires ou artistes, à peu

près fixés dans les vieux palais historiques
et sur lesquels passent d'incessantes cara-
vanes de touristes.

En avril 1797, le général Bonaparte dit
au commissaire de la République : « J'ai
80 000 hommes... je ne veux plus d'inquisi-
tion, plus de Sénat... Je serai un Attila pour
Venise. » Sur ces terribles menaces, dans un
conseil hâtivement réuni par le doge épou-
vanté, le procurateur François Pezaro pro-
nonça une phrase qui, plus sûrement encore
que l'épée de Bonaparte, déchire le vieux
pacte et désagrège Venise : « C'en est fait,
dit-il de ma patrie. Je ne puis la secourir,
mais un galant homme se trouve toujours
une patrie. »

Je vous propose de recueillir ces mots pour
y voir dorénavant la devise de Venise, la
formule de sa moralité nouvelle.

Aussi bien, depuis longtemps, elle était en
formation, cette Venise cosmopolite. Il ne
serait point malaisé de suivre à travers ses
annales un élément qui l'a toute envahie aujourd'hui. Le seigneur Pococurante, noble

Vénitien, chez qui Voltaire mène Candide, fait voir une belle satiété de dilettante. Les six rois, de qui le souper parut une mascarade de carnaval, précèdent dignement les singularités et les malheurs de don Carlos.

Des causes variées peuvent nous déterminer à un séjour habituel hors du pays natal ; Madère, Cannes, Nice, Monaco, Florence, Rome, Corfou, attirent, chacune, des catégories différentes d'exilés volontaires. Les déracinés qui fréquentent Venise sont, plutôt que des amuseurs mondains, des mélancoliques naturels ou des attristés, des âmes ardentes et déçues. En effet, pourraient-ils habiter un tel lieu s'ils ne cherchaient les voluptés de la tristesse ? Quelque composite que la fassent ses origines, la société qui se soumet à l'action d'un si rare climat doit nécessairement prendre des mœurs communes. Ce n'est point impunément qu'on s'approprie un même fonds d'images, qu'on enregistre continuellement des sensations si puissantes et si particulières. Toute réunion d'hommes, la supposât-on plus incohérente encore que les cosmopolites qui peuplent aujourd'hui Venise, tend à former une tradition. Elle travaille instinctivement à mettre debout un type sur lequel elle se réglera. Nulle société ne peut se passer de modèle : elle se donne toujours une aristocratie.

Bien des fois, quand la lumière horizontale du soir incendiant Venise magnifie la pointe de la Dogana et la Salute, qui est en somme une fort médiocre église, à l'heure où les magies du soleil descendent sur le canal cependant que les miasmes s'en exhalent, j'ai entendu les airs du carnaval de Venise, ces airs nostalgiques qui retentissent d'une génération à l'autre, et j'ai vu les grandes ombres qui chargent d'un sens riche ces espaces plats. Elles filaient comme les nuages, mais nuages elles-mêmes, à bien examiner, elles font ici l'essentiel et le solide, tout le poids dont Venise aggrave les prédispositions de ses dignes visiteurs.

Les ombres qui flottent sur les couchants de l'Adriatique, au bruit des angélus de Venise, tendent à soumettre les âmes.

Gœthe et Chateaubriand.

Un jour, errant sur les canaux, je trouvai près d'un pont, *Ramo dei fuseri*, une inscription allemande : « Gœthe habita ici du 28 septembre au 14 octobre 1786. » C'est l'auberge Victoria. Elle fait un bon et solide palais. Au rez-de-chaussée, il y a un marchand de tapis, Faust Carrara. Je me plus tout naturellement à chercher si Gœthe avait promené ici des sentiments qui fussent propres à renouveler ma curiosité.

En 1786, Gœthe ne donna de soins qu'aux édifices de Palladio qui s'est formé par l'étude de l'antique romain.

Avec des œillères, lui aussi, Chateaubriand parcourut Venise. Pour un véritable homme, la discipline, c'est toujours de se priver et de maintenir fortement sa pensée sur son objet. Rien de pire que des divertissements et des excitations de hasard, quand il faut veiller que toutes nos nourritures fortifient un dessein déjà formé. L'uateur du *Génie du Chris-*

tianisme allait quitter, le 28 juillet 1800, le
môle de la Piazzetta pour quérir aux ruines
d'Athènes, de Jérusalem, de Memphis et de
Carthage, les émotions et les images qu'attendaient ses *Martyrs*. Il mentionne dédaigneu-
sement qu'il a vu dans Venise « quelques
bons tableaux ». Comme c'était son génie
d'enrichir la sensibilité catholique, il ne se
plut qu'à s'attendrir près des tombes illustres,
dans les églises, tandis que sonnaient les
cloches des hospices et des lazarets...

Quelle opposition dans les deux domaines
classique et romantique où s'enferment ces
deux pèlerins ! Mais c'est moins par leurs
doctrines que par leur élan que les hommes
nous entraînent. Gœthe qui voulait se former
une conception sereine de l'univers, et Chateaubriand qui courait conquérir la gloire pour
mériter à Grenade une jeune beauté, nous
sortent l'un et l'autre des basses préoccupations. Avec l'*Iphigénie en Tauride* aussi bien
qu'avec les *Martyrs*, nous prenons en dégoût
les asservissements de la vie.

L'Iphigénie allemande, jeune bourgeoise ou

princesse, ne dira pas tout ce que contient
son cœur d'exilée. Mais cette captive se sent
de grande race. Ses hautes et fortes pensées
sont comprimées, prêtes à éclater. Iphigénie,
sur la falaise barbare de Tauride, quand elle
entend son frère Oreste, exhale une plainte
qui nous émeut, comme fait aux landes bre-
tonnes Lucile caressant René.

Magnifiques annonciateurs ! Deux grands
poètes, il y a cent ans, passèrent ici, qui
cherchaient des formes pour incarner avec
le plus de noblesse une même idée d'exil,
— exil loin du sol natal et des ancêtres, exil
des paradis rêvés. Le jeune Gœthe, si solide,
un peu lourd, assuré envers et contre tout, et
le vicomte de Chateaubriand, à la fois artificiel
et le plus sincère des hommes, voilà deux ca-
riatides, deux beaux pendants au seuil de la
Venise cosmopolite.

Byron.

Sur le sable du Lido, quel est ce rassem-
blement d'ombres ? Mickiewicz, Sand, Mus-

set, Chateaubriand vieilli lui-même viennent
chercher les traces des chevaux de Byron.
On note ici certaine scène de magie. Au
monticule le plus élevé de cette grève, en
octobre 1829, par un soir de lune sans brise,
tandis que la mer grondait doucement, Mickiewicz appuyé contre un arbre eut une belle
vision mystique. Il arrivait de Weimar; l'atmosphère sereine de Gœthe l'avait influencé;
elle le détournait des chemins rudes où l'enga-
geait le sentiment de ses devoirs propres et de
sa destinée. L'âme de Byron lui apparut; elle
le soutint contre cette tentation bien connue
de tous les héros. Ce fut sa transfiguration. Il
se détermina irrévocablement à conformer sa
vie extérieure à sa vie intérieure, et, laissant
là toute humaine habileté, à se régler non
point sur des calculs personnels, mais, comme
il disait, sur la volonté divine.

Que de belles choses nous rencontrerions
s'il nous était loisible de suivre ce prophète
polonais, ce véritable inspiré, mais il ne fait
que traverser Venise où Byron conquiert la
place la plus en vue par trois années d'un

séjour presque ininterrompu (de la fin de 1816
au début de 1820).

Souhaitez une occasion de remonter la
Brenta sur ces barques lentes qui seules che-
minent encore de Fusine à Padoue. Par un
doux et magnifique automne, tandis qu'aucune
lettre de France ne peut ici nous rejoindre,
qu'il fait bon sur cette vieille eau désertée!
Les deux rives en septembre-octobre ont la
belle couleur des fruits mûrs. C'est par cette
route que nos aïeux gagnaient Venise, devant
une suite continue de maisons de plaisance
que le xviiie siècle emplit de musique, d'amour
et de douceur de vivre. Les guides n'en men-
tionnent même plus le souvenir. Vainement
chercheriez-vous les ruines des villas palla-
diennes et le dessin des parcs de plaisir.
Cependant après un long temps, quand le
batelier qu'étonne votre caprice vous nomme
Mira, accostez, errez dans cette petite bour-
gade, car voici l'instant favorable pour évoquer Byron. Ce n'est plus au Lido qui manque
de solitude, ce n'est point au fort mauvais
palais Mocenigo, dont il n'habita somme

toute qu'un étage loué en garni, c'est sur cette
rive solitaire, c'est à Mira où il reçut Shelley
et sa chère Guiccioli, la comtesse de seize ans,
qu'on peut trouver encore l'ombre insolente
de l'Anglais.

Mais si, pour évoquer Byron, il n'est pas
encore assez de tristesse ni de délaissement
sur cette Brenta déchue, allez donc le chercher
dans ses pages vénitiennes, dans le quatrième
chant de *Childe Harold* et dans le premier
du *Don Juan*.

Quand la gloire de Byron ne serait plus que
la charpente dénudée qui survit au feu d'artifice, j'y porterais encore volontiers mes
regards. C'est pour une raison singulière,
mais qui ne sait la diversité des motifs sur
quoi chacun de nous compose son Panthéon !
J'aime Byron parce qu'il ressemble au plus
fameux ennemi de mon pays, ennemi qui
m'est cher pour ses puissances redoutables
elles-mêmes, car nous l'avons glorieusement
vaincu. Tous les portraits de Byron font voir
cette expression énergique jusqu'à la fureur,
impudente, avide de risques et de domina-

tion immédiate, magnifique parce qu'elle veut
tout briser et qu'elle se brisera elle-même,
qu'on voit au Charles le Téméraire peint par
Hugues van der Goes (dans le Musée de
Bruxelles). Ah! cette belle lèvre inférieure
proéminente, chez l'un et l'autre si caractéristique!

Byron le Téméraire! si je parlais pour des
hommes libres, je dirais qu'il fut un scélérat,
un merveilleux poète et le plus haut philosophe.
Oui, *Don Juan* où Venise secrètement collabore (et je ne dis point seulement par l'influence de l'Arioste, mais encore par une
atmosphère de débauches) est la plus haute
philosophie. « A Venise, disait Shelley, il s'est
ruiné la santé. Sa faiblesse était telle qu'il ne
pouvait plus digérer aucune nourriture et il
était consumé par la fièvre. » A l'automne de
1819, Moore lui trouva une certaine bouffis-
sure du visage. Avec son incomparable puissance cynique, lui-même écrit dans ses plus
belles strophes de Venise : « L'ambition fut
mon idole; elle a été brisée sur les autels de
la douleur et du plaisir : ces deux déités

m'ont laissé plus d'un gage où la réflexion
peut s'exercer à plaisir. » Quand il eut trouvé
le moyen de pousser sa destinée dans la voie
où il suivait les aventuriers normands et les
chevaliers errants, en même temps qu'il pré-
cédait Garibaldi, quand une mort précoce où
l'on voit ses excès interrompit à Missolonghi
sa lecture de *Quentin Durward*, son cerveau,
un cerveau formidable, supérieur, dit-on, à
celui de Cuvier, était une masse affreuse,
mise en bouillie par l'alcool, l'opium, certaine
tare et tous les abus destructeurs : un cloaque.
Il avait une émotivité formidable : il était per-
méable à toutes les puissances qu'a la vie
pour nous affecter. Il a fait souffrir, torturé
tout le monde autour de lui ; il a aussi exprimé
les plus nobles idées. C'était très naturel qu'il
y fût sensible. Dans chacune de nos tour-
mentes françaises, n'avons-nous pas vu des
personnages qui étaient, en même temps que
des bandits, les êtres les plus accessibles aux
grandes causes généreuses et capables de se
faire tuer pour elles ? Il a toujours voulu se
détruire, ce Byron.

Musset et George Sand.

Auprès de ce lord bruyant et de son immense scandale, quel petit personnage que ce jeune Français de vingt-trois ans, presque un gamin, et qui, pour venir à Venise, dut obtenir la permission de sa maman. Ah! la maigre aventure! Une banale histoire d'étudiants et pas très propre de détails. Mais, prestige des grands écrivains, madame Sand, dans sa trentième année, svelte, brune, si souple et si nerveuse, nous dispose à la volupté, et du jeune Musset le nom sonne et craque comme les bottes vernies d'un dandy fringant et confiant jusqu'à la naïveté dans les luttes de la vie. Les anciens avaient de belles anecdotes, familières au menu peuple, où leurs poètes, tour à tour s'essayaient et que les philosophes eux-mêmes employaient pour donner un corps à des idées très subtiles. La caravane que deux poètes firent à Venise en 1834, et dont ils continuent par-delà la mort mille récriminations, pourrait devenir pour

nous quelque chose d'équivalent : leurs
fureurs, largement étalées, rappellent la
brouille mémorable de Didon et d'Énée.

De Venise, — où Byron venait de vivre
comme un Anglais et n'avait rêvé que d'un
acte qui lui rouvrît l'Angleterre — que con-
nut exactement Musset? Dans cette saison
triste et glacée d'hiver, il errait « à Saint-
Blaise, à la Zuecca ». Il y a peu, j'ai suivi
la Giudecca jusqu'à San Biagio, où les coque-
licots flamboyaient sous le soleil couchant,
au ras de la lagune; j'ai tourné, puis longé
l'ancien cimetière juif par une rivière dont on
fauchait les rives. « Comme elle frissonne! »
me disait un jeune Italien en me montrant la
végétation des tombes courbée par un vent
humide; et c'est le mot dont se servait, à Paris, une jeune femme pour me vanter la Duse :
« Elle frissonne si bien! » et c'est encore
l'accent des jeunes Athéniens qui disent de
leurs montagnes : « Elles sont si sereines! »
Quel désert et quel ennui pour ceux que leurs
nerfs impatientent! Je croyais voir le jeune
Musset — fin, moqueur avec d'immenses

réserves sentimentales, mais que protège
une coquille de sécheresse — vaguer, chercher partout le boulevard de Gand, se dis-
traire en petites débauches.

Elle était fort misérable, vers 1834, la vie
de Venise que moi-même j'ai connue bien
pauvre, il y a vingt années, et que les ba-
dauds de tous rangs sont en train de faire
confortable (et allemande), mais inhabitable,
car ils en chassent la solitude. « Me trouvant
mal à l'auberge, a dit Musset, je cherchais
vainement un logement. Je ne rencontrais
partout que désert ou une misère épouvan-
table. A peine si, quand je sortais le soir pour
aller à la Fenice, sur quatre palais du Grand
Canal, j'en voyais un où, au troisième étage,
tremblait une faible lueur; c'était la lampe
d'un portier qui ne répondait qu'en secouant
la tête, ou de pauvres diables qu'on y oubliait.
J'avais essayé de louer le premier étage de
l'un des palais Mocenigo, les seuls garnis de
toute la ville, et où avait demeuré lord Byron (3);
le loyer n'en coûtait pas cher, mais nous
étions alors en hiver, et le soleil n'y pénètre

jamais. Je frappai un jour à la porte d'un casin
de modeste apparence qui appartenait à une
française nommée, je crois, Adèle ; elle tenait
maison garnie. Sur ma demande, elle m'in-
troduisit dans un appartement délabré, chauffé
par un seul poêle et meublé de vieux canapés.
C'était pourtant le plus propre que j'eusse
vu, et je l'arrêtai pour un mois ; mais je tom-
bai malade peu de temps après, et je ne pus
venir l'habiter. »

Favorable maladie qui sort l'enfant Musset
de toute cette médiocrité. Nous ne remercie-
rons jamais assez quelques bulles de gaz
malsain qui vinrent crever à la surface de
l'eau autour de la gondole de Musset. La
malaria de Venise met nécessairement dans
l'organisme une certaine excitation qui le
force à produire des images exaltées. En février et mars 1834, elle alla chercher, dans le
fond de ce jeune homme un peu sec, des puissances qu'il ignorait. Nul doute qu'elle n'y
ait aggravé la tare physiologique, je veux
dire ce trouble nerveux, cette puissance de
voir son double, auxquels nous devons les

grandes incantations d'un poète, qui, en dehors de ces délires, est à peu près négligeable.

Les analystes ou, pour parler net, les aliénistes connaissent parfaitement une sorte d'hallucination qui est la vision de sa propre image. On trouve des traces nombreuses de ce phénomène dans la haute littérature. Nulle part on ne le rencontre plus précis, plus authentique que chez Musset. La sublime *Nuit de décembre* : « Sur ma route est venu s'asseoir — un malheureux vêtu de noir — qui me ressemblait comme un frère... » n'est pas une froide invention. Tout me crie qu'elle est faite de choses vues. Au cours de sa brève carrière, le génie de ce poète ne se témoigna jamais mieux que lorsqu'il subissait des reprises de la malaria vénitienne. Dans ces états fiévreux, les vieilles images de sa catastrophe d'amour, contemporaines de sa première infection, émergeaient nécessairement sur sa conscience. Le paludisme de Venise a collaboré activement à toute cette série d'excitations et de dépressions que nous admirons

dans la prose et dans les vers de ce charmant
énergumène.

Le soir, avant de s'endormir, quand il entr'ouvre ses fenêtres sur le golfe de Saint-
Marc, le voyageur descendu à l'hôtel Danieli
doit se dire avec reconnaissance, avec effroi
aussi, en un mot avec piété : « Voici donc le
décor où cet enfant subit les malaxations du
climat vénitien. » Mais vingt fois nous tra-
verserons le quartier de San Fantin et nous
ne chercherons pas dans une arrière-cour fort
humble, dans la corte Minelli, la casa Mesani
où George Sand, auprès de son beau taureau
Pagello, écrivait diligemment ses *Lettres
d'un voyageur*. N'allons point déranger cette
dame!... On sourit et l'on passe.

La justesse d'esprit est une si belle chose
que nous l'exigeons des grands écrivains et
ne leur pardonnons point de la gâter chez le
lecteur. Nous réprouvons dans George Sand
un symbole glorifié du désordre. Elle parut
telle à Venise, mais, par la suite, nous pouvons
saluer la fécondité, la puissance, la maîtrise
de la châtelaine de Nohant. Tout ce qu'il y a

de mauvais et d'irritant chez George Sand, c'est son romantisme de désorbitée, de désencadrée. Tout ce qu'elle a de santé, c'est le régionalisme. Tant qu'elle n'eut point trouvé son terrain, sa pente et son cours, elle faisait une force de destruction. Cette protestante qui avait des sens se querellait elle-même et nous obligeait à prendre parti dans son éloquente anarchie intérieure. Enfin, avec beaucoup d'énergie et une rare sûreté d'instinct, elle sut se conquérir un milieu, une tradition. A la prendre au total, ses années d'expérience, loin de nous scandaliser, peuvent nous édifier. J'admire dans la romancière apaisée du Berry une racinée qui, des déracinements même dont elle pâtit, sut faire sortir une démonstration très forte que l'acceptation d'une discipline est moins dure, au demeurant, que l'entière liberté.

Léopold Robert.

A vingt-cinq kilomètres de Venise, la vieille petite ville de Chioggia baigne et s'allonge dans la lagune. Nulle architecture, mais toutes les barques, toutes les variétés d'engins pour la pêche, et vingt mille habitants qui vivent de la silencieuse Adriatique. C'est le bon endroit pour évoquer Léopold Robert qui, pendant ses trois dernières années, de 1832 à 1835, étudia sur cette plage son fameux tableau *Le départ des pêcheurs de Chioggia pour l'Adriatique*. Il y maria tout naturellement la misère des Chiojotes avec ses dispositions intérieures.

« Il y a une pensée qui me plaît dans ce *Départ*, écrivait-il; il annonce la fin de tout. » Après les *Moissonneurs*, chant de confiance dans la vie, les *Pêcheurs*, c'est le testament qu'un suicidé laisse sur sa table. Son tableau terminé, Léopold Robert se tua dans le palazzo Pizani, à San Paolo, dont il occupait un étage. Année 1835.

Si j'aime ce peintre malheureux et sec, c'est qu'il eut dans les herbages du Jura, au milieu des pâtres et des vaches, l'enfance virgilienne de Claude Gellée qui, sur ma Moselle, s'imprégnait de sentiments simples. L'Italie

ne détruisit point l'âme extensible de mon
compatriote; comme un beau fruit se nourrit
de soleil, harmonieusement il s'augmenta de
beauté. La sécheresse lorraine (de Callot, de
Grandville) n'est point irrémédiable, elle devient aisément force et souplesse, toscane et
romaine. Mais le Suisse Robert écrivait de
Venise : « Je me sens malade du mal de ceux
qui désirent trop. »

Suis-je le seul aujourd'hui, dans les salles
du Louvre, à chercher l'*Arrivée des Moissonneurs dans les marais Pontins* et le *Retour
du pèlerinage à la Madone de l'Arc?* Il ne faut
point souhaiter que nos experts revisent cette
gloire pré-romantique. Mais si l'on veut connaître les raisons qui la justifiaient, on les
démêlera aisément dans l'apologie que Musset
fit des *Pêcheurs* en 1836 : Robert a montré
« dans six personnages tout un peuple et tout
un pays »; avec puissance, sagesse, patience
(c'est ce que nous appelons sa sécheresse, sa
difficulté), il s'est révélé capable de « renouveler les arts et de ramener la vérité »; il ne
retraçait « de la nature que ce qui est beau,

noble, immortel » ; il peignait « le peuple » ; il
cherchait « la route de l'avenir là où elle est,
dans l'humanité ». Les heureux artistes qui,
par la suite et en se divisant la tâche, trouvèrent
ce que cherchait Léopold Robert, ne nous
laissent plus sentir dans son œuvre que des
tâtonnements, des efforts, et que le théâtral
d'où il voulait s'évader. Toutefois à Chioggia,
son chef-d'œuvre, aujourd'hui rebuté, revit,
reprend un sens et, comment dirais-je?... un
parfum. C'est l'anneau que nul n'essuie à la
montre de l'antiquaire, mais que tous vou-
dront baiser s'il retrouve la jolie main qu'un
amoureux jadis bagua. Je rapporte à la sirène
des lagunes cette relique tachée de sang.

Léopold Robert fut un jeune homme timide,
hanté de mélancolie héréditaire (un frère suicidé), sujet à des découragements et que ce
fiévreux climat devait à la fois attirer et détruire. En février 1832, quand il vint travailler
à Venise, il souffrait d'un accident de jeunesse :
une jeune femme, de qui le nom fait un exci-
tant pour l'imagination, l'avait accueilli à
Rome avec une douceur, une simplicité très

puissantes sur un jeune Suisse. Cette princesse, Charlotte Bonaparte, fille de Joseph
Bonaparte et belle-sœur de celui qui devint
Napoléon III, se trouva subitement veuve en
1831, à l'âge de vingt-neuf ans ; elle se retira
chez sa mère à Florence où le jeune Léopold
Robert continua ses assiduités. Il la plaignait ;
on s'accorde à dire qu'elle n'était pas belle ;
il l'aimait. Un mariage si disproportionné
semblait impossible. L'honnête jeune homme,
peut fait pour dompter une Napoléonide, s'en-
fuit à Venise. Depuis longtemps il projetait
d'y peindre un brillant carnaval.

C'est quand Venise met son masque de
satin noir qu'elle multiplie ses puissances de
tristesse. D'ailleurs, les parties fastueuses de
la ville des Doges ne pouvaient plaire à ce
plébéien sentimental. On le vit errer dans les
régions les plus misérables, à Pellestrina, à
Chioggia. « Il faut que je te dise, écrivait-il à
un ami, ce qui m'est arrivé à Chioggia ; j'ai
eu de ces moments que je ne sais à quoi attri-
buer. J'étais dans une mauvaise petite auberge,
fatigué d'avoir couru toute la journée et

6

de n'avoir pas dormi la nuit précédente,
enfin je voyais tout en noir; je prends mon
petit carton à lettres pour en commencer une;
impossible de mettre deux mots, je ne pensais
qu'à la mort. Je voyais sous mes yeux les
débris d'une jetée battue par les vagues; enfin j'avais la fièvre, car je souffrais assez.
Puis, au moment où je me sentais arrivé au
dernier point, une sainte colère me prend
contre moi de ma faiblesse; je jette tout par
terre avec rage, je commence à me dire les
injures les plus mortifiantes; mon amour-
propre s'en est choqué et mon énergie est
revenue. Je me suis dit : nous verrons si je
suis une poule mouillée. Je tapais des poings
sur la table pour exciter ma force morale par
ma force physique; et dès ce moment je suis
tout remis et je ris de mon aventure. »

Ho, ho! qu'il a tort de rire! Ces excitations
et ces dépressions ne me disent rien qui vaille.
La terre étroite de cette extrême lagune, un
ciel d'hiver, des eaux mélancoliques, des
types graves et nobles se marièrent à ses sentiments. Il décida de peindre le *Départ des*

pêcheurs de Chioggia pour l'Adriatique. « Je
n'aurais point fait mon tableau si mon cœur
n'eût été plein d'affections. Elles donnent à
mon énergie du ressort. Elles sont pour moi,
dans la vie, les degrés qui me font monter... »
Les degrés qui le font monter! Je pense à ces
pontons qu'il y a dans les bains et que l'on
gravit pour se jeter à l'eau.

Léopold Robert demandait-il à son travail
ce que Le Tasse espéra du VIIIe chant de la
Jérusalem? Prétendait-il par la gloire se haus-
ser jusqu'à son idole? La divinité des lagunes
l'entraînait. La Sirène ne fut jamais que cette
fièvre délicieuse qui nous chante et nous
convainc de ne plus vouloir vivre. En vain nos
compagnons nous supplient. Leur activité
nous fait horreur. « C'est drôle comme Venise
m'a rendu, disait Léopold Robert : je ne souhaite que la tranquillité. Pouvoir m'occuper
de ma peinture et rendre mes inspirations. »
Comme il définit agréablement son mal!
« Toute remplie qu'en soit mon âme, je
trouve cet état moins pénible que le vide du
cœur... La raison, le devoir, le caractère de

mon attachement peut-être ne permettent pas
à une tristesse violente de s'emparer de moi;
c'est seulement une mélancolie qui ne peut
nuire à mes travaux. » Sans doute, il a raison : un certain paludisme est très propre à
la sensibilité artistique, mais si son infection
réveille des germes héréditaires, c'est la destinée de notre race qu'il nous faut accomplir.

Pendant de longues semaines, Léopold
Robert fut malade d'une fièvre cérébrale analogue à celle que, dans la même année et
dans la même Venise, à quelque cent mètres,
madame Sand et le docteur Pagello penchés
sur le lit de Musset observaient avec l'invo-
lontaire mépris des gens solides pour les déli-
rants. Toutefois le frère d'un suicidé fait un
terrain plus dangereux qu'un simple épilep-
tique.

En 1835, peu avant le dénouement qu'il
n'avait pas encore décidé mais qui commen-
çait à se développer en lui, Robert écrivit à
son neveu des conseils où manque assurément le point de vue du déterminisme physiologique, mais qui sont admirables de clair-

voyance. « J'ai cru remarquer chez toi, lui
dit-il en substance, le goût de l'isolement,
une pente à philosopher sur les choses et
puis à mépriser la société ; ne cède pas à ces
dispositions pernicieuses.» On voudrait savoir
ce qu'il advint de ce jeune averti. En
mars 1835, Léopold Robert écrivit à ses
sœurs : « Il me semble que je ferais bien
d'entreprendre un voyage, et je ne sais ce
qui me retient ici. Je suis comme un paraly-
tique, moralement parlant : je ne suis plus
capable de prendre par moi-même un parti ;
il faut donc écouter les autres. Dieu veuille
que cette détermination soit avantageuse à
tous ! Le bonheur de vous revoir, mes bien-
aimées, sera toujours senti par moi, mais
l'idée que j'en ai maintenant est accompagnée
d'un sentiment pénible. Je me figure que je
ne puis plus donner de plaisir à ceux mêmes
que j'aime le plus, à cause de la mélancolie
profonde qui semble me suivre partout. » Le
29 mars 1835, il reçut des nouvelles de la
princesse Charlotte qui venait d'accueillir, il
n'en fallait pas douter, les tendres hommages

d'un brillant Polonais. Il se fit chanter par deux musiciens allemands le *Requiem* de Mozart. Le lendemain, échappant à la surveillance de son frère, il s'enferma dans son atelier du palais Pizani et se coupa la gorge devant le *Départ des Pêcheurs*.

Ce printemps de 1835 est magnifique de sentimentalité romantique. C'est le suicide de Léopold Robert qui brûle avant de mourir les lettres de sa princesse; c'est la rupture de Vigny avec madame Dorval; c'est le conflit de Musset avec madame Sand. Et l'on remarque qu'à deux de ces fièvres le paludisme de Venise collabore activement.

Théophile Gautier.

Après un tel chuchotement d'intimités, c'est un délice d'écouter le noble son de violoncelle que met un pur artiste dans cette ville, et d'entendre sur le vieux thème du *Carnaval de Venise* la variation de Gautier :

A travers la folle risée
Que Saint-Marc renvoie au Lido,

Une gamme monte en fusée
Comme au clair de lune un jet d'eau.

A l'air qui jase d'un ton bouffe
Et secoue au vent ses grelots,
Un regret, ramier qu'on étouffe,
Par instants mêle ses sanglots.

Jovial et mélancolique,
Ah! vieux thème du Carnaval,
Où le rire aux larmes réplique,
Que ton charme m'a fait de mal!

Ce pauvre et bon Théophile Gautier, si honnête! il écrit plutôt lourdement, sans éclairs, sans frissons, mais il se campe avec solidité devant le fait, devant la pensée, devant la sensation qu'il veut exprimer, en sorte qu'il parvient toujours à nous les faire toucher et palper. En 1850, il passa deux mois place Saint-Marc. Il se proposait d'écrire une série de livres sur Florence, Rome, Naples : il nous donna du moins une Venise. Dans le minutieux inventaire qu'il a dressé de cette ville, vous chercheriez vainement une note sur le *mal* qu'avec son *charme* elle lui fit. Depuis *Fortunio* (1838), dernier livre où il ex-

prima sa pensée véritable, l'invasion du *cant*,
comme il disait, et la nécessité de se soumettre aux convenances des journaux l'avaient
jeté dans la description purement physique ;
il n'énonçait plus sa doctrine, il gardait son
idée secrète.

Devrons-nous donc ignorer à jamais les
sentiments qu'il promenait sur les lagunes et
ce regret, « ramier qu'on étouffe... » ? Un
lecteur superficiel considère peut-être la
Venise de Gautier comme une suite de pho-
tographies prises à toutes les heures d'un
voyage, mais d'où naturellement le photo-
graphe est absent. Nous ne partageons point
cette manière de voir. Cette riche collection
de camées, gravés dans l'isolement et loin
de nos passions, nous renseigne mieux sur
l'histoire morale du xixᵉ siècle que tant de
confessions oratoires et vaniteuses. Dans la
Venise de Gautier, vous prétendez chercher
vainement l'âme ; vous dites que ce sont des
coquilles sans l'animal, des pierres dures
ciselées en creux. Eh bien ! que votre esprit
se prête à la pression de ces intailles : comme

autant de cachets, elles vous imposeront leur
empreinte. Et si, les ayant lues, vous enton-
nez un hymne esthétique, si vous déclarez :
« Je crois à la richesse, à la beauté et au
bonheur », ne vous y trompez pas, c'est le
cachet qui se décrit lui-même : le *Credo* de
Gautier s'est imprimé sur votre âme.

Avec ses yeux nets, Gautier catalogue tous
les détails de Venise. Dans toutes les formes
qu'il excelle à saisir, il note avec une obsti-
nation inlassable et tranquille les dégrada-
tions modernes. Chacune de ses pages lentes
et précises a un arrière-plan. Derrière les
villes et les paysages qu'il peint et déroule
sous nos regards, il se réserve un royaume de
nostalgie, un vaste Eldorado où il réfugie ses
dégoûts d'exilé.

Si j'étais chargé de rédiger un guide-âne,
comme on en distribue dans les concerts
pour aider à la compréhension des grandes
symphonies, je dirais à peu près ceci à ceux
qui veulent suivre Gautier à Venise :

Un homme s'imagine qu'il serait mieux où il

n'est pas. Il s'occupe à feuilleter des albums en attendant de pouvoir jouir des beautés qu'ils représentent.

Il se berce dans quelque inexprimable rêverie orientale toute pleine de reflets d'or, imprégnée de parfums étranges et retentissante de bruits joyeux ; il y développe des sentiments d'élégance, de fierté et de sensualité, et, au lieu de se dire que par leur nature même de tels états demeurent intérieurs, il pense qu'il les trouvera réalisés dans d'autres lieux.

Mais peu à peu il se convainc que toute la terre est gâtée, et sans cesser de poursuivre les parties excellentes qu'elle conserve, il éprouve un dégoût fait de saturation et d'exigence, parce qu'il voudrait participer à la civilisation totale dont il croit que ces parties sont des survivances fragmentaires.

Cela produit une satiété particulière : non pas l'ennui que connaissent les gens qui ont abusé de tout, mais cette nostalgie, cette grande fatigue que cause une perpétuelle et vaine tension de l'âme.

Avec quel amer retour sur lui-même Théophile Gautier écrit de son Fortunio : « Jamais un désir inassouvi ne rentra dans son cœur pour le dévorer avec des dents de rat ! » Chassez l'image d'un matérialiste lourd, endormi, indifférent. Bien au contraire, c'est un idéaliste dévasté par sa puissance à concevoir nettement des objets qui le fuient. Mais cette activité unique et profonde, où Gautier absorbe toutes ses forces, livre son corps, sa vie, aux circonstances.

Taine.

Dans ma jeunesse, je fis un long séjour à Venise. D'abord je passai mon temps à lire sur les palais l'histoire magnifique de la République, — à contrôler dans les musées et les églises écrasées d'or les catalogues, — à me réjouir, matin et soir, de la mer, du soleil et de l'air pur qui égaient la vie, — et sur les petits ponts imprévus à regarder la tristesse des canaux immobiles entre des murs écussonnés.

Après trois semaines, quand mes nerfs

furent moins sensibles à cette délicate cité,
je quittai la Piazza trop envahie de touristes
choquants pour me confiner dans une Venise
plus vénitienne. J'écrivis *Un Homme Libre*.
« Pauvre petit livre où ma jeunesse se vantait
de son isolement ! J'échappais à l'étouffe-
ment du collège, je me libérais, me délivrais
l'âme ; je prenais conscience de ma volonté.
Ceux qui connaissent la littérature française
déclareront que ce livre eut des suites. Je me
suis étendu, mais il demeure mon expression
centrale. Si ma vue embrasse plus de choses,
c'est pourtant du même point de vue que je
regarde (4). » J'habitais *Fondamenta Bragadin*, ce qui me plaisait, car le noble Bragadin
fut écorché vif et parfois il me sembla que,
toute proportion gardée, j'avais reçu un sort
analogue.

Je voudrais ramasser en une dizaine de
tableaux très brefs les sensations de mes
vagabondages vénitiens. Ces bonheurs légers,
c'est sur la minute qu'il eût fallu les fixer.
— Je vois un matin où j'étais assis, dans la
basilique de Saint-Marc, sur les marbres an-

tiques et frais, tandis que le bon chien muselé
de ma propriétaire allongeait sur mes genoux
sa vieille tête de serpent honnête. Et l'un et
l'autre nous regardions avec une parfaite
volupté le cabossement des mosaïques, leurs
teintes sombres et fastueuses. Satiété et
nostalgie, voilà les deux mots contradictoires
qui rendent le mieux ce qu'il y avait de som-
maire dans ma contemplation. J'étais saturé
d'un rêve asiatique où manquaient toutefois
les parfums, les danses et la monotone
cithare. — Je vois au quai des Esclavons le
vapeur du Lido chargé de misses froides.
Une barque sous le plein soleil s'approche.
Une fille de dix-sept ans, debout, avec aisance
y chantait une chanson éclatante comme ces
vagues qui nous brûlaient les yeux. Ces palais, cette mer, cet horizon, cette chanteuse et
cette voix nerveuse qui frappait un ciel bleu
et or me firent cruellement ressentir la morne
hébétude de ces curieux sans âme. O mouvements de désespoir qu'il y a dans l'excès du
plaisir! Nos mains vides nous déchireront-
elles pour trouver dans notre cœur quelque

chose qui nous rassasie, ou vont-elles continuer de battre le soleil, le vent et la vague?
Une odeur fade s'élève des lagunes.

Dans cette ville de l'inquiétude, je connus
toutes les délices sensuelles. Jamais pourtant,
oserai-je le dire? je n'oubliai de sentir couler
lentement les heures. Aux meilleurs détours
de cette Venise si variée et dans une telle sur-
abondance d'imprévu, toujours j'attendais
quelque chose.

Vers le crépuscule, après une journée de
travail, quand je débouchais de mes *Fondamenta Bragadin* en face de la Giudecca, soudain je voyais le soleil comme une bête
énorme flamboyer au versant d'un ciel délicat,
par-dessus une mer élégante et de tendresse
vaporeuse. L'admiration m'envahissait. « Je
suis certainement, pensais-je, devant un des
beaux paysages du monde. » Puis, avec une
vitesse singulière de réaction, mon âme dés-
œuvrée me disait : « Quoi donc ! es-tu certain que cela t'intéresse ? »

Un jour je m'étendis sur un banc de marbre,
quai des Esclavons, au ras de la mer ; c'était

le banc de M. Taine, le banc où il se plut
dans son voyage à Venise, du 20 avril au
2 mai 1864. « Là, dans l'ombre qui est
fraîche, on contemple les merveilleux épan-
chements du soleil, la mer encore plus éclatante que le ciel, les longues vagues qui se
suivent apportant sur leur dos des éclairs
innombrables et pacifiques, les petits flots,
les remous frétillants sous leurs écailles d'or ;
plus loin les églises, les maisons rougeâtres
qui s'élèvent comme du milieu d'une glace
polie, et cet éternel ruissellement de splendeur
qui semble un beau sourire... *Le seul moyen
efficace de supporter la vie, c'est d'oublier la
vie.* » Une telle phrase joint M. Taine à la
foule des ombres qui vaguent sur Venise ;
il n'y vécut aucune aventure ; seulement
quelques heures il rêva sur un banc.

Encore qu'elles fassent un bon abécédaire
pour débrouiller le jeune voyageur, on
peut négliger les rédactions de Taine sur
Venise, mais ses rêveries qui flottent sur
cette ville n'en sont pas les moins riches
nuages. Il se plut à se disperser l'âme sur la

lagune, comme il la dispersait dans la nature.

Ce fils des puissantes Ardennes fut l'amant
du Tintoret, de la même manière que l'amant
des forêts. Certes, il ne permettait point à
ces désordres de la rêverie qu'ils comman-
dassent son activité. Contre la vie réelle, si
pleine de dégoûts et de souffrances, il s'abritait dans une tâche, dans ses massives con-
structions. Il se contraignait à un travail systématique : analyser, classer. Mais sa détente
était de courir la campagne, de s'abîmer dans
la contemplation. Ainsi fit-il sur ce banc de
marbre, en face de San Giorgio Maggiore.

Taine eût donné toute son œuvre pour la
Chartreuse de Parme; sa peur de la vie ne
lui permit jamais les expériences préalables,
la cueillette des fruits d'or trompeurs, nécessaires pour cet âcre breuvage. Il aima comme
des frères Byron et ce Musset dont il avait la
ressemblance (5); mais la perfection qu'ils
poursuivirent, il savait qu'elle n'existe pas.
« Si quelque chose approche de la perfection,
ce n'est pas la femme, c'est l'homme, de sorte
que mon idéal serait bien plutôt une amitié

qu'un amour. Il y a plus : j'y ai renoncé.
Cette tristesse calme, ce découragement raisonné qui m'a pris à l'endroit de la pensée me
prend aussi à l'endroit de l'amour ; je n'espère pas. *Nul homme réfléchi ne peut espé-
rer.* »

Acceptation de l'échec, connaissance que
toute vie, nécessairement, implique un échec :
voilà qui enrichit le sens de cette Venise con-
sidérée comme le refuge des vaincus. Dans la
formule du *découragement raisonné,* elle leur
offre un nouvel abri.

Encore une nuance, et, dans ce beau ciel
des orages vénitiens, nous aurons tout l'arc
complet.

Wagner.

En 1853, Wagner, exilé d'Allemagne, écrivait à Liszt que, s'il n'obtenait pas de rentrer
à Weimar, il abandonnerait l'art « pour aller
courir le vaste monde et pour voir s'il ne lui
serait pas possible de trouver encore quelque
plaisir à vivre ». Liszt lui répondit : « Tu
voudrais vaguer à travers le vaste monde

7

dans l'espoir d'y trouver vie, jouissances et
délices ! Ah ! comme de tout cœur je souhai-
terais qu'il en pût être ainsi ! Mais ne sais-tu
donc pas que l'aiguillon de la blessure dont
tu souffres est dans ton propre cœur, que
partout tu le porteras avec toi et que rien ne
peut t'en guérir ? C'est ta grandeur qui fait
ta misère. L'une et l'autre sont inséparables
et doivent te martyriser, jusqu'à ce que, te
reposant dans la foi, tu trouves ta délivrance...
C'est dans le Christ, c'est dans la souffrance
résignée en Dieu qu'est seulement le salut. »

Wagner croyait encore qu'il est quelque
part sur la terre un Eldorado et qu'on y
atteint par l'amour. Optimisme à peine digne
d'un berger de romance ! Mais qui de nous
n'a point, quelque jour, rêvé que la force
d'attraction organiserait naturellement le bonheur, dès l'instant qu'on abolirait les lois ?

En 1854, — fallait-il donc qu'il eût doublé
la quarantaine pour qu'un sang trop chaud
cessât d'envoyer à sa cervelle de si épaisses
illusions ? — sa philosophie s'épura. Il en
vint à s'assurer que le salut résidait dans le

renoncement : « J'ai aujourd'hui un calmant
qui m'aide à trouver le sommeil : c'est le désir
ardent et profond de la mort. Pleine incon-
science, évanouissement de tous les rêves,
non-être absolu : telle est la libération fi-
nale. »

Wagner était prêt à épandre les ondes in-
finies, les suaves harmonies où Tristan et
Isolde aspirent à se perdre. En 1857, malheureux de son impuissance à développer
publiquement ses véritables destinées artistiques, malheureux d'un amour impossible, il
se rendit à Venise pour composer le deuxième
acte de *Tristan*.

Je ne souhaite à personne de se soumettre
aux influences de cette sublime tragédie, car
ce qu'elle met dans notre sang, c'est une irri-
tation mortelle, le besoin d'aller au delà, plus
outre que l'humanité. Si les ivresses de la
possession ne nous apaisent pas, si dans une
folie d'amour nous continuons à nous déchirer
contre la vie, notre aspiration normale à nous
confondre dans l'objet de notre amour se
mue en une sorte de désespoir au bout de

quoi il n'est plus rien, qu'un anéantissement volontaire dans la mort. Vertige, ivresse des hauts lieux et des sentiments extrêmes ! A la cime des vagues où nous mène *Tristan*, reconnaissons les fièvres qui, la nuit, montent des lagunes.

Bien souvent, aux fenêtres du palais Giustiniani, aujourd'hui hôtel de l'Europe, et que Wagner habitait durant l'hiver de 1857, j'ai vu flotter sur la Venise nocturne les fascinations qui le déterminèrent et qui furent les moyens mystérieux de son génie. Quand la pire obscurité pèse sur les canaux, qu'il n'est plus de couleur ni d'architecture, et que la puissante et claire Salute semble elle-même un fantôme, quand c'est à peine si le passage d'une barque silencieuse force l'eau à miroiter, et si les nuages, en glissant dans le ciel, découvrent çà et là une très faible étoile, la ville enchanteresse trouve moyen tout de même de percer cette nuit accumulée, et de ce secret solennel elle s'exhale comme un hymne écrasant d'aridité et de nostalgie... Voilà les heures, j'en suis assuré, qui de la profonde

conscience de ce Germain surent extraire
les déchirantes incantations de Tristan et
d'Isolde.

Au reste nous tenons de Wagner lui-même,
un texte où l'on voit la génération du deuxième
acte.

Venise, qui s'en étonnera? avait donné à
son hôte les insomnies habituelles, le subtil,
le délicieux malaise qu'elle insinue toujours
dans nos veines : « *Une nuit, ne pouvant pas
dormir, je m'accoudai sur mon balcon, et
comme je contemplais la vieille ville romanesque des lagunes, qui gisait devant moi, enveloppée d'ombre, soudain du silence profond
un chant s'éleva* (6)... » Chacune de ces tou-
ches, *vieille, romanesque, gisante, enveloppée
d'ombre, silencieuse*, que Wagner emploie
spontanément ici pour qualifier Venise, est
très caractéristique des forces de rêverie qu'il
accepte de cette ville. De ce *silence profond,
un chant s'élève*. Comment le poète va-t-il le
comprendre?

« *C'était l'appel puissant et rude d'un gondolier veillant sur sa barque, auquel les échos*

*du canal répondirent jusque dans le plus
grand éloignement ; et j'y reconnus la primitive mélopée sur laquelle, au temps du Tasse,
ses vers bien connus ont été adaptés, mais qui
est certainement aussi ancienne que les canaux
de Venise et leur population...* » Merveilleuse
décision du génie ! Voilà donc que cette chanson de gondolier devient par la volonté ins-
tinctive du poète un chant *puissant et rude
de population primitive,* mais chargé dans la
suite de toute la mollesse, de toute la volupté,
de tout le faste que symbolise ce nom, le
plus grand du Midi, le *Tasse.* Toute puissance et toute rudesse enrichies de toute
volupté et venant du fond des siècles !

« *Après une pause solennelle, le dialogue
retentissant dans le lointain s'anima, au point
de se fondre en une seule harmonie, puis au
loin, comme auprès, le son s'éteignit dans un
nouveau sommeil...* » Le chant de Venise se
tait, c'est Wagner qui se charge de le continuer. Toutes les puissances de ce grand Allemand sont déchaînées par cet appel ; il se
raccorde à cette barbarie primitive, à cette

volupté déchirante, et du silence qui leur succède il fait son domaine.

« *Après cela, que pouvait bien la Venise
ondoyante et bariolée m'apprendre d'elle-
même sous les rayons du soleil, que ce rêve
sonore de la nuit ne m'eût pas révélé d'une
façon plus profonde et plus directe ?* »

Il n'a fallu que deux temps pour que cet
Allemand substituât à cette ville latine sa Germanie intérieure. Dès la première pause, cette
Venise magnifique par son manque de symé-
trie, par sa diversité même, il la réduit à
l'unité. Sur la seconde reprise, il la renie, la
dit inutile. Elle est la barque qu'il repousse
après qu'il a touché la rive. Efface-toi, Venise
ondoyante et bariolée. Par toi, nous avons
atteint le point de vue indéfiniment fécond.
Nous savons que les mouvements de l'âme
façonnent le monde extérieur, font éclater les
actes et les faits comme la tulipe s'exhale du
magnolier et comme de la tulipe son parfum.
Dès lors, Venise, tu nous deviens inutile ; tu
n'es que conséquence et nous sommes l'essentiel, le principe. Tu nous gênes, tu nous

retiens dans un monde inférieur et qu'il faut
dépasser. Effondre-toi sous ta lagune. Que les
grandes ondes de l'océan musical s'épandent,
que les vagues sonores noient et anéantissent
tous les accidents ! Plus de lumière : la nuit.
La nuit fait pour Tristan le domaine de
l'amour, pour le Germain Wagner, le domaine
de la vie intérieure, et, pour Venise, le domaine
de la fièvre. Le jour est dispersion, contrariété,
amoindrissement. Sur la route immémoriale
qui va du Nord par-dessus les Alpes, l'Allemagne entendit Juliette à sa fenêtre de Vérone
se désoler du jour que les cris de l'alouette
annoncent et qui la sépare de son tendre jeune
homme. Un tel chant ne saurait s'oublier. La
nuit plus belle que le jour ! Ce thème empoisonne notre sang, s'il se développe indéfiniment, avec une ampleur grandissante, de la
passion contenue à la volupté débordante,
jusqu'à la transfiguration dans la mort. Après
l'alouette matinale, après Juliette et Roméo,
voici, dans le brouillard, les chants de Tristan
et d'Isolde : « Haine au jour implacable et
hostile ! O jour perfide, anathème ! Mais toi,

nuit, vie sainte d'amour, auguste création de
volupté, désir délicieux de l'éternel sommeil,
sans apparence et sans réveil, recueille-nous
dans ton sein, affranchis-moi de l'univers !...
Le monde pâlit, le monde, spectre décevant
que le jour place devant moi, et c'est moi-
même qui suis le monde. »

Ces harmonies où Tristan aspire à se perdre
et qui flottent autour du Saint-Graal, Wagner,
en 1883, revint les solliciter des bercements
et des fièvres de la lagune. Il travaillait à son
opéra des *Pénitents* sur la légende de Boud-
dha... Apothéose de Venise, dernier terme de
la série dont nous vîmes les numéros successifs... Avec ses moyens brutaux, il eût fixé
dans ce suprême opéra les sensations que
nous effleurâmes un soir de Venise que nous
nous livrions au silence de ses lagunes et au
vent de ses sépulcres. C'est ici que nous aurions touché les points extrêmes de la sensibilité, quand le rare s'élargit et se défait dans
l'universel et que notre imagination, à poursuivre le but sans cesse reculé de nos désirs,
s'abîme dans une lassitude ineffable. La mu-

sique seule — car nous sommes convaincu
qu'il n'y a point discontinuité entre les arts
divers — peut intervenir à cet instant où la
littérature et la peinture depuis longtemps
confessent leur échec.

Wagner est mort dans l'entresol du palais
Vendramin Calergi, le 13 février 1883, d'une
maladie de cœur. Auprès de lui se tenait celle
qu'il obtint de Hans de Bulow par un héroïsme
romantique. L'intendant qui conduit le visiteur de salle en salle dit : « Oh non ! ce n'est
pas ici (dans les beaux appartements) qu'il
est mort ; ici habite la propriétaire (Madame
la duchesse della Grazia); Wagner logeait
au-dessous, dans un appartement plus bas de
plafond. » Ce serviteur sincère, par son accent
légèrement dédaigneux, force le passant à se
remémorer des banalités, qui sont d'ailleurs
des vérités, sur la position subalterne d'un
aristocrate sans pouvoir réel auprès d'une
puissance de fait comme le grand Allemand.

Que sont les « grandeurs d'établissement »,

c'est-à-dire les grands que la coutume ins-
talle, auprès de ces magiciens que nous venons
de surprendre dans leur activité obscure
quand ils relèvent la domination de cette
Venise abolie et qu'avec ses couleurs et ses
odeurs de mort ils font tout simplement de
l'âme! Le *Don Juan*, la *Confession d'un Enfant du Siècle*, les *Pêcheurs*, l'*Italia*, *Tristan*
demeurent en suspens sur la ville des lagunes
et s'ajoutent, quand nous la visitons, à nos
âmes inertes. Venise au XIXᵉ siècle fait encore
des conquêtes. Le politique l'abandonne à sa
décadence, mais Wagner, Taine, Gautier,
Léopold Robert, Sand, Musset, Byron, Chateaubriand et Gœthe forment son « Conseil
des Dix ».

— Ils ne sont que neuf, me dit un lecteur.

— Qu'on réserve le dixième siège. Je connais telle candidature.

L'Europe, qui se complut toute dans les
images romantiques où les fièvres de Venise
avaient collaboré, cherche aujourd'hui la rai-

son, l'équilibre, et se vante d'échapper à de
tels désordres... Mais aux canaux de Venise,
le sillage des Byron, comme l'ornière d'un
char, maîtrise toujours les gondoles. Ici, l'on
ne peut sentir que selon les poètes. Qu'ils
nous enseignent la révolte ou la soumission,
cette ville privée de son sens historique, et qui
n'agit plus que par sa régression, nous enveloppe d'une atmosphère d'irrémédiable échec.
Ville vaincue, convenable aux vaincus. Comme
un amant abandonné, au lit de sa maîtresse,
glisse toujours vers le centre où leurs corps
réunis d'un poids plus lourd ont pesé, le véritable voluptueux dans Venise revient toujours
à quelques psaumes monotones... Tel un
sultan dépossédé, dans les veilles bleuâtres
d'Asie, des femmes que la nuit embellit, des
roses que la nuit parfume, du jet d'eau que
le sérail endormi fait plus secret, ne reçoit
que des confidences sur l'insolence de ses
ennemis triomphants.

IV

LE CHANT D'UNE BEAUTÉ QUI S'EN VA
VERS LA MORT

Avec ses palais d'Orient, ses vastes décors lumineux, ses ruelles, ses places, ses traghets qui surprennent, avec ses poteaux d'amarre, ses dômes, ses mâts tendus vers les cieux, avec ses navires aux quais, Venise chante à l'Adriatique qui la baise d'un flot débile un éternel opéra.

Désespoir d'une beauté qui s'en va vers la mort. Est-ce le chant d'une vieille corruptrice ou d'une vierge sacrifiée? Au matin, parfois, dans Venise, j'entendis Iphigénie, mais les rougeurs du soir ramenaient Jézabel. De tels enchantements, où l'éternelle jeunesse des nuages et de l'eau se mêle aux artifices composites des ruines, savent mettre en activité nos plus profondes réserves.

A chacune de mes visites, j'ai mieux compris, subi la domination d'une ville qui fait sa splendeur, comme une fusée au bout de sa course, des forces qu'elle laisse retomber.

En même temps qu'une magnificence écroulée, Venise me paraît ma jeunesse écoulée : ses influences sont à la racine d'un grand nombre de mes sentiments. Depuis un siècle, elle n'a plus vécu qu'en une dizaine de rêveurs qui firent ma nourriture. *Pulridini dixi : paler meus es ; maler mea el soror mea vermibus.* « J'ai dit à ce sépulcre qu'il est mon père ; au ver, vous êtes ma mère et ma sœur. »

A chaque fois que je descends les escaliers de sa gare vers ses gondoles, et dès cette première minute où sa lagune fraîchit sur mon visage, en vain me suis-je prémuni de quinine, je crois sentir en moi qui renaissent des millions de bactéries. Tout un poison qui sommeillait reprend sa virulence. L'orchestre attaque le prélude. Un chant qu'à peine je soupçonnais commence à s'élever du fond de ma Lorraine intérieure.

Ceux qui ont besoin de se faire mal contre
la vie, de se déchirer sur leurs pensées, se
plaisent dans une ville où nulle beauté n'est
sans tare. On y voit partout les conquêtes de
la mort. Comment appliquer son âme sur la
Venise moderne et garder une part ingénue?
« Un galant homme se trouve toujours
une patrie. » Mais de celle-ci ceux-là seuls
s'accommodent qui s'acceptent comme dimi-
nués, touchés dans leur force, leur orgueil,
leur confiance. Ils ne sont plus des jeunes
héros intacts.

Plainte fiévreuse éclaboussant l'espace
comme du sang sur le sable, silence tragique
comme une dalle sur un tombeau, peu importe
la manière de réagir contre le premier soufflet
de la vie. Il n'appartient à personne que ce
qui est n'ait pas été. Nul homme ne s'est
jamais guéri. Le regard perd sa clarté droite,
le cœur son innocente confiance, le courage
sa sécurité. Celui que trahirent une fois des
amis n'est plus un beau fruit sans meurtris-
sure, celui qui subit un échec, une offense,

ne partira plus jamais comme un beau trait,
spontanément à l'appel qui l'émeut. Je le
vois qui tâtonne, hésite. Le son n'a plus sa
pureté exquise.

Que cette lente mort, — comme elle met aux
yeux de la biche des larmes qui l'introduisent
dans notre Panthéon intime — soit un principe de beauté, j'y consens. Un homme qui se
défait, c'est tout le pathétique. Mais qui ne
préférerait périr sur le coup? Je ne passe pas
une journée sans que se présente à mon
esprit, pour l'empoisonner, ce que m'a raconté
un jour Alphonse Daudet d'un père assis au
chevet de son petit garçon de dix ans, très
malade, et qu'il entendit soudain dans le
silence : « Père, cela m'ennuie de mourir. »
Un nuage tombe sur la vie. Levez-vous vite,
orages suprêmes!

Orages, levez-vous, accourez. Je marche à
toutes les lueurs qui s'enflamment sur l'horizon. Hélas! à chaque fois, la vague de tristesse qui s'enfle nous ébranle : on croit qu'elle
va nous jeter bas ; mais elle s'éloigne, sitôt
que nous sommes couverts de son écume.

Venise laisse tomber sous la vase de sa lagune quelques fragments dessinés par Sammichele, Tremigiane, les Lombardi, Sansovino ou Palladio. Les fièvres de Byron, de Musset, de Robert, de Wagner remontent à la surface des canaux. Je demeure, et la tourmente m'a seulement dénudé les nerfs.

Pensées fiévreuses du soir, intolérables quand les exagère encore notre insomnie ; pensées mornes du matin debout à notre chevet ; images constantes de notre échec qu'une ville elle-même dégradée nous met constamment sous les yeux. Un esprit capable d'humilité céderait. Que de fois, dans Venise, n'ai-je pas médité comme un des plus autorisés testaments de la gloire la phrase qu'inscrit Lamartine au front de son œuvre complet : « Si j'avais à recommencer ma vie, je n'y chercherais pas le bonheur, parce que je sais qu'il n'y est pas, mais j'y chercherais soigneusement l'obscurité et le silence, ces deux divinités domestiques qui gardent le seuil des moins malheureux. » Le vaincu de Saint-Point — noble cygne avec une âme d'ange

et tel qu'aucun de nous ne peut prétendre à
ses vertus — ne cesse pourtant d'avoir soif
de la vie qu'après que ses puissances se sont
épuisées dans toutes les ivresses. Nous qui
manquons d'humilité de cœur, et qui ne
voyons pas derrière notre épaule un chemin
de gloire où consoler notre souvenir, comment
pourrions-nous retenir un cri de révolte contre la nécessité qui ferme à nos rêves leurs
routes?

Les églises délitées, les vastes palais rui-
neux, les flots de plaisir où seules la misère et
la fièvre se courtisent, les poètes romantiques
qui scandent leurs imprécations font dans
Venise un concert plus haut, mais non pas
plus poignant que la musique monotone de
chambre close qui berce un vaincu quand,
sur les lagunes, il se gorge de solitude.

De plus en plus, si je suis seul, je ne sais
plus me soustraire au roman vaporeux de la
mort. Durant des jours et des semaines, un
philtre d'insensibilité m'isole de la vie. Durci
par l'indifférence, je me sens tout glacé de

morne, cependant qu'au secret de mon âme
tournoient dix souvenirs les plus aigus, les
dominantes de mon mécontement. De la profondeur sous une surface calme. Brillante
lagune qui reflétez deux rives de palais, sous
ce miroir mensonger que faites-vous de la
Venise écroulée ? Je m'abandonne avec jouissance à la plus stérile mélancolie, en éprou-
vant tout ce que ma situation offre de poignant ou d'amer. Rêveries douloureuses,
mais inépuisables, enivrantes. Cilices sous les
brocarts ; mais quelles étoffes d'or et d'argent,
quelle musique, quelles combinaisons harmo-
nieuses !

A Bénarès, sous les feux d'un lustre, tandis
que les vapeurs bleues montent des casso-
lettes, quatre femmes à la ceinture nue, la
gorge, les reins et les jambes enveloppés de
soies où tremblent des mouchetures d'or et
d'argent, dansent durant les longues nuits
brûlantes. Elles élèvent, jettent en arrière,
laissent retomber languissament leurs bras ;
les corps frissonnent, les hanches ondulent,
les petits pieds nus piétinent sourdement les

planches, les têtes se renversent pâmées.
Quelle nostalgie immobilise alors les chefs
les plus actifs et les plus fiers? Les heures
s'écoulent. Deux cymbales, un chalumeau, un
tambourin, parfois une seule cithare, répètent
indéfiniment la phrase mélancolique et grêle
qui se dévide toujours pareille, et toujours
demeure en suspens. Désir qui revient heurter
sans trêve et qui ne trouvera pas à s'assouvir.
Flot qui monte et descend l'escalier des palais
de Venise sans laver leur affront, ni consom-
mer leur ruine.

Ces quatre bayadères qui tournoient dans
les parfums d'une chambre close par une nuit
accablée d'Orient, ces beautés fières et tristes
qui me rassasient des rêves de la mort et dont
je n'ai jamais satiété, sont-ce des fantômes,
une chimère de mon cœur, une pure idée
métaphysique? Je sais leurs noms. L'une
murmure : « Tout désirer » ; l'autre réplique :
« Tout mépriser » ; une troisième renverse la
tête et, belle comme un pur sanglot, me dit :
« Je fus offensée » ; mais la dernière signifie :
« Vieillir ». Ces quatre idées aux mille

facettes, ces danseuses dont nous mourons,
en se mêlant, allument tous leurs feux, et
ceux-ci, comment me lasser de les accueillir,
de m'y brûler, de les réfléchir?

Dans cette débauche, aurai-je un compagnon? Je ne me propose point ici de discipli-
ner mes idées pour que ces belles danseuses
fassent un raisonnement. Je me déchire sur
leur beauté. Volupté, douleur?. Je ne sais.
Morne insensibilité, exquise émotivité? Je ne
veux dire, je ne puis distinguer.

Qui pourrait être pleinement malheureux s'il
trouve dans la souffrance une suite indéfinie
de régions où s'enfoncer et s'enrichir! Tel le
chalut, au soir d'un dragage, remonte à bord
du navire le butin phosphorescent des grandes
profondeurs.

J'aime à perdre pied, à lâcher les joncs de
la rive, à m'abandonner au fort courant qui
me violente pour me faire son jouet, m'englou-
tir à demi et m'entraîner en peu de semaines
sur de longs espaces de vie. Après certaines
de ces absences, je me retrouve vieilli de dix

ans. De là mon grand âge. Dans ces courses
immenses, et tandis que le fleuve de tristesse,
gravissant ses berges et s'élargissant comme
la mer, me faisait franchir les limites normales d'une destinée, j'étais baigné, recou-
vert, envahi, saturé par des ondes ténébreuses
dont notre maigre langage ne peut rendre les
puissantes répétitions. Toute cette tristesse
se développait et me portait sans bruit sur
des espaces immenses auxquels je servais de
conscience. Où suis-je? Est-ce la nuit des
lagunes? Aurais-je quitté Venise? Eh! que
m'importe cette ville périssable? Elle n'était
qu'un quai de marbre où j'attachai quelques
minutes mon embarcation. J'ai rompu toutes
les amarres; je me suis détaché du rivage et
des cieux que je connaissais. Que vaut devant
une telle heure l'agonie du plus beau soleil
incendiant Venise! C'est ici vraiment que nous
atteignons aux points extrêmes de la sensibilité, quand le rare s'élargit et se défait dans
l'universel, et que notre imagination, à poursuivre le but sans trêve reculé de nos désirs,
s'abîme dans une lassitude ineffable.

La fièvre était dans Venise comme la cartouche de dynamite obscure dans la roche. Tout est brisé, vole dans les airs; puis c'est l'anéantissement. Couche-toi, Venise, sous ta lagune. La plainte chante encore, mais la belle bouche est morte. L'Océan roule dans la nuit. Et ses vagues en déferlant orchestrent l'éternel motif de la mort par excès d'amour de la vie.

STANISLAS DE GUAITA
(1861-1898)

STANISLAS DE GUAITA
(1861-1898)

Si l'on ignore la platitude, l'anarchie et le
vague d'une vie d'interne dans un collège
français, on ne comprendra pas la puissance
que prit, sur l'auteur de cette notice, la beauté
lyrique, quand elle lui fut proposée par un de
ses camarades du lycée de Nancy, Stanislas
de Guaita. En 1878, il avait dix-sept ans et
moi seize. Il était externe ; il m'apporta en ca-
chette les *Émaux et Camées*, les *Fleurs du Mal*,
Salammbô. Après tant d'années, je ne me suis
pas soustrait au prestige de ces pages, sur
lesquelles se cristallisa soudain toute une sensibilité que je ne me connaissais pas. Et
comme les simples portent sur le marbre ou
le bois dont est faite l'idole leur sentiment

religieux, l'aspect de ces volumes, leur odeur,
la pâte du papier et l'œil des caractères, tout
cela m'est présent et demeure mêlé au bloc
de mes jeunes impressions. Il n'est de vrai
Baudelaire pour moi qu'un certain exemplaire
disparu à couverture verte et saturé de musc.
M'inquiétais-je beaucoup d'avoir une intelligence exacte de ces poètes? Leur rythme et
leur désolation me parlaient, me perdaient
d'ardeur et de dégoût. Une belle messe de
minuit bouleverse des fidèles, qui sont loin
d'en comprendre le symbolisme. La demi-
obscurité de ces œuvres ajoutait, je me le rappelle, à leur plénitude. Je voyais qu'après
cent lectures je ne les aurais pas épuisées ; je
les travaillais et je les écoutais sans qu'elles
cessassent de m'être fécondes. Force des livres
sur un organisme jeune, délicat et avide !

Dans une règle monotone, parmi des cama-
raderies qui fournissent peu et un enseignement qui éveille sans exciter (7), voilà des
voix enfin qui conçoivent la tristesse, le désir
non rassasié, les sensations vagues et pénibles, bien connues dans les vies incomplètes.

Et celui qui m'ouvre ces livres les interprète
comme moi. Quel noble compagnon, éblouis-
sant de loyauté et de dons imaginatifs ! Nous
le vîmes plus tard corpulent, un peu cérémo-
nieux, avec un regard autoritaire ; c'était alors
le plus aimable des enfants, ivre de sympathie
pour tous les êtres et pour la vie, d'une mobilité incroyable, de taille moyenne, avec un
teint et des cheveux de blond, avec des mains
remarquables de beauté. Dès 1878, je ne suis
plus seul dans l'univers ; mon ami et ses
maîtres s'installent dans mon isolement qu'ils
ennoblissent. Telle est l'origine du sentiment
qui me liait à Stanislas de Guaita, lequel
vient de mourir, âgé de trente-six ans. Nous
nous sommes aimés et nous avons agi l'un
sur l'autre dans l'âge où l'on fait ses premiers
choix libres.

L'année suivante, un autre bonheur m'arriva : la liberté. J'étais malade de neuf années
d'emprisonnement ; on dut m'ouvrir les portes,
et, tout en suivant les cours de philosophie au
lycée, je vivais en chambre à la manière d'un
étudiant. En été, la mère de mon ami (il avait

déjà perdu son père), s'installait à Alteville, dans la plaine de l'étang de Lindre ; il demeura seul : c'est ainsi que nous avons passé en pleine indépendance les mois de mai, juin, juillet, août 1880. Ce temps demeure le plus beau de ma vie.

La musique que faisait le monde, toute neuve pour des garçons de dix-sept ans, aurait pu nous attirer ; en vérité, nous ne l'écoutions guère. Même notre professeur, ce fameux Burdeau, nous déplaisait, parce qu'il entr'ouvrait sur la rue les fenêtres de notre classe : nous le trouvions intéressé ! Je veux dire qu'il nous semblait attaché à trop de choses. Je croyais voir le creux de ses déclarations civiques et des affaires de ce monde auxquelles il prétendait nous initier. Si je cherche à m'expliquer les images qu'ont laissées dans mes yeux mes condisciples, tels que je les vis au moment où, dans ses prêcheries, ce singulier professeur quittait l'ordre purement scolaire pour le champ de l'action, je crois comprendre que nous étions trois ou quatre dans un état en quelque sorte mystique, et disposés à lui trouver des manières électorales.

Ainsi nous avions atteint aux extrémités de la culture idéaliste, quand nous pensions être sur le seuil. Absolument étrangers aux controverses qui passionnaient l'opinion, nous les jugions faites pour nous amoindrir. En revanche, nous n'admettions pas qu'un romantique ou que le moindre parnassien nous demeurât fermé. Toute la journée, et je pourrais dire toute la nuit, nous lisions à haute voix des poètes. Guaita, qui avait une santé magnifique et qui en abusait, m'ayant quitté fort avant dans la nuit, allait voir les vapeurs se lever sur les collines qui entourent Nancy. Quand il avait réveillé la nature, il venait me tirer du sommeil en me lisant des vers de son invention ou quelque pièce fameuse qu'il venait de découvrir.

Combien de fois nous sommes-nous récité l'*Invitation au Voyage*, de Baudelaire! C'était le coup d'archet des tziganes, un flot de parfums qui nous bouleversait le cœur, non par des ressouvenirs, mais en chargeant l'avenir de promesses. « Mon enfant, ma sœur, — songe à la douceur — d'aller là-bas vivre ensemble ! — Aimer à loisir, — aimer et mourir — au pays qui te ressemble... » Guaita s'arrêtait au tableau d'une vie d'ordre et de beauté : « Des meubles luisants, — polis par les ans, — décoreraient notre chambre ; — les plus rares fleurs — mêlant leurs odeurs — aux vagues senteurs de l'ambre... » Mais le point névralgique de l'âme, le poète chez moi le touchait, quand il dit : « Vois sur ces canaux — dormir ces vaisseaux — dont l'humeur est vagabonde ; — c'est pour assouvir ton moindre désir... » Mon moindre désir ! j'entendais bien que la vie le comblerait.

En même temps que les chefs-d'œuvre, nous découvrions le tabac, le café et tout ce qui convient à la jeunesse. La température, cette année-là, fut particulièrement chaude, et, dans notre aigre climat de Lorraine, des fenêtres ouvertes sur un ciel étoilé que zébraient des éclairs de chaleur, la splendeur et le bien-être d'un vigoureux soleil qui accablait les gens

d'âge, ce sont des sensations qui dorent ma
dix-huitième année. Voilà le temps d'où je
date ma naissance. Oui, cette magnificence de
la nature, notre jeune liberté, ce monde de
sensations soulevées autour de nous, la
chambre de Guaita où deux cents poètes
pressés sur une table ronde supportaient avec
nos premières cigarettes des tasses de café,
voilà un tableau bien simple ; et pourtant
rien de ce que j'ai aimé ensuite à travers le
monde, dans les cathédrales, dans les mosquées, dans les musées, dans les jardins, ni
dans les assemblées publiques, n'a pénétré
aussi profondément mon être. Certainement
Guaita avait, lui aussi, conservé de cette
époque des images éternellement agissantes.
Nos années de formation nous furent communes; c'est en ce sens que nous étions
autorisés à qualifier notre amitié de fraternelle.

Mon ami était poète. Déjà du lycée il adres-
sait des vers à une petite revue parisienne, et
j'avais lu avec frémissement mon nom dans la

dédicace d'un sonnet. Quand nous fûmes inscrits à la Faculté de Droit, je rêvai d'avoir du
talent littéraire. J'employai le moyen recom-
mandé aux élèves qui veulent devenir des la-
tinistes élégants. Je possède encore les cahiers
d'expressions où j'ai dépouillé Flaubert, Mon-
tesquieu et Agrippa d'Aubigné pour m'enrichir de mots et de tournures expressives.
Après tout, ce travail absurde ne m'a pas été
inutite. Ma familiarité avec les poètes, non
plus. Un des secrets du bon prosateur n'est-il
pas de trouver le rythme convenable à l'expression d'une idée ? Ces soucis de rhétorique
détruisent, je sais bien, le goût de la vérité, et
l'on perd de vue sa pensée si l'on se préoccupe trop de moduler et de nuancer. Mais
comment eussions-nous touché le fond des
choses, quand nous ne connaissions que les
brouillards divins qui flottent sur les cimes ?
On nous disait beaucoup que nous suivions
une mauvaise méthode, mais on nous le disait
d'une mauvaise manière. Quand on attaque
l'esprit religieux avec l'esprit plaisantin, on
se fait mépriser par toute âme un peu déli-

cate ; les arguments vulgaires de ceux qui méprisaient notre direction poétique ne pouvaient nous toucher.

Tout l'univers pour nous, je le vois maintenant, était désossé, en quelque sorte, sans charpente, privé de ce qui fait sa stabilité dans ses changements. A cette époque me suis-je jamais demandé : « Quelle est cette population, quelle est sa terre, le genre de ses travaux, son passé historique? Les sommes déposées dans ses caisses d'épargne augmentent-elles ou non? Et le nombre des élèves dans ses collèges, et la consommation de la houille ? » Ces curiosités étaient au-dessus de ma raison, qui, si elle en avait eu quelque éveil, aurait mis sa fierté à les écarter. Et pourtant cet ordre réel que je croyais le domaine des hommes sans âme, des fonctionnaires ou des financiers, m'eût apparu magnifique si d'un mot l'on m'avait mis au point pour le voir en poète et en philosophe.

Puisque nous vivions chétivement de notre moi tout rétréci, nous aurions pu du moins examiner à quel rang social nous étions nés,

avec quelles ressources, étudier les forces du
passé en nous, enfin évaluer notre fatalité.
Nous sommes les prolongements, la suite de
nos parents. Ce sont leurs concepts fondamentaux qui seuls sauront, avec un accent
sincère, chanter en nous. Dans ma maison de
famille ai-je écouté végéter ma vérité propre ?
Frivole ou plutôt perverti par les professeurs
et leurs *humanités*, j'ignorais le grand rythme
que l'on donne à son cœur si l'on remet à ses
morts de le régler. L'un et l'autre, au lieu
de connaître, pour les accepter, nos conditions sociales, notre conditionnement (comme
on dit des marchandises et encore des athlètes),
nous évoquions en nous les sensations les
plus singulières des individus d'exception
qui s'isolèrent de l'Humanité pour être le
modèle de toutes les exaltations.

Bien que nous fussions fort différents,
Guaita, aimable, heureux de la vie, sociable,
ouvert à toutes les impressions, et moi, trop
fermé, qu'on froissait aisément, nous n'étions
pas faits pour calmer notre pensée. Je crains
que je ne l'aie détourné des études chimiques

pour lesquelles il était doué et préparé. En ce cas, j'aurai nui à nous deux. S'il avait suivi son impulsion naturelle et son premier projet de travailler avec M. Sainte-Claire Deville, un peu de sciences exactes nous aurait rattachés aux réalités.

Certes, nous n'étions pas de ces petits esthètes, comme on en voit à Paris, qui collectionnent chez les poètes des beautés de colifichet et qui en rimaillant se préparent à être des vaudevillistes ou des mondains. La littérature n'était pas pour nous *lectulus florulas*, un petit lit de repos tout fleuri. Nous étions prodigieusement agités; je n'aurais pas passé les nuits de ma vingtième année avec des poètes s'ils eussent été incapables de me donner la fièvre. Guaïta, dont les puissances alors intactes étaient avides de sensations, voyait dans les volumes de vers sur lesquels il passait sa jeunesse autre chose qu'un bassin d'eau claire où frissonnent des carpes baguées. Mais précisément les incantations des lyriques ont mis dans nos veines un ferment si fort que ce fut un poison.

Les poètes vivent sur un petit nombre de lieux communs ; chacun d'eux les reprend, les rafraîchit, les renouvelle et les fortifie avec sa magie propre : aussi un être en formation, s'il se soumet à cette action constante et presque monotone de leur génie, verra forcément leurs thèmes se mêler à sa substance. L'indifférence de la nature aux joies et aux souffrances de l'humanité, notre incapacité de diriger notre destin, la vanité des succès et des échecs devant la fosse terminale, voilà quelques-uns de leurs principes, et, chevillés à notre âme, transformés en sensibilité, ils nous prédisposent à l'impuissance.

Je suis très frappé de ce que m'a dit un médecin sur la fameuse question des sœurs dans les hôpitaux. Après m'avoir expliqué comment ces nobles femmes valent pour créer une atmosphère, combien elles sont excellentes près du lit d'un mourant, où la coquetterie d'une jeune femme laïque pourrait être abominable, cet homme compétent ajoutait : « ... Dans les services de chirurgie et quand il s'agit qu'un fil ne soit pas contaminé,

quand il faut prendre des précautions extrê-
mement minutieuses, on ne peut pas compter
sur des créatures qui croient à l'intervention
d'en haut et qui disent : si Dieu veut le sauver, il le sauvera bien!... Nulle bonne volonté
d'obéir n'y supplée : elles possèdent au plus
profond de leur être une loi, une foi, qui les
prédispose à ne pas tenir un compte suffisant
de nos méthodes antiseptiques. »

Selon moi, ce raisonnement s'applique à
ceux qui ont laissé le romantisme et ses grands
thèmes lyriques descendre au fond d'eux-
mêmes et les constituer. Qu'est-ce qu'un
homme d'action qui s'est habitué à méditer
sur la mort? Mettriez-vous votre enjeu sur un
individu assez philosophe pour sourire des
précautions minutieuses d'un ambitieux, sous
prétexte qu'on ne peut guère prévoir utilement plus de cinq ou six accidents et que le
nombre des possibles est illimité ? Et comme
c'est agréable de s'embarquer avec un sage
qui nous déclare au moment critique : « Après
tout, les choses n'ont que l'importance que
nous leur donnons, et tourne qui tourne, il n'y

aura rien de changé dans l'univers. » Je
reconnais que dans certaines circonstances de
ma vie active, je me serais évité des échecs,
si j'avais pu écraser cette petite manie raison-
neuse et dégoûtée qui fait si bon effet dans
les grands ramages littéraires. Vivent le bon
sens tout plat, la raison prosaïque, quand
leur tour est venu! Dans un plan où seul
le succès compte, les vérités supérieures
ne sont plus qu'une cause de chute, et s'y
élever, c'est précisément le fait d'un esprit
subalterne.

Grande inconséquence de notre éducation
française, qu'elle nous donne le goût de l'activité héroïque, la passion du pouvoir ou de la
gloire, qu'elle l'excite chaque jour par la lecture des belles biographies et par la recherche
des cris les plus passionnés, et qu'en même
temps elle nous permette de considérer l'univers et la vie sous un angle d'où trois cents
millions d'Asiatiques ont conclu au Nirvana,
la Russie au nihilisme et l'Allemagne au pes-
simisme scientifique! Cette contradiction ne
serait-elle pas le secret essentiel de cette élé-

gante impuissance de nos jeunes bacheliers
qu'on a signalée, qu'on n'a pas comprise et
qu'on a appelée décadence?

De 1879 à 1882, toutefois, cette hygiène
détestable nous avait fait heureux. Nous
vivions de nos nerfs, sans connaître que nos
réserves s'épuisaient. Comment fûmes-nous
un jour placés en face de notre vide et de quel
côté avons-nous cherché une nourriture et un
terrain où prendre racine?

Je suis excusable d'avoir jusqu'à ce moment de mes souvenirs parlé autant de moi
que de mon ami. Je ne pouvais démêler, sans
en arracher des parties essentielles, nos jeu-
nesses et nos sentiments qui se développèrent
en s'enchevêtrant. En 1882, nous quittons
Nancy et dès lors nos vies vont se différen-
cier. Si je suis passé de la rêverie sur le moi
au goût de la psychologie sociale, c'est par
des voyages, par la poésie de l'histoire, c'est
surtout par la nécessité de me soustraire au
vague mortel et décidément insoutenable de
la contemplation nihiliste. Mais Guaita, ayant
cette originalité de n'être pas un analyste

dans une époque où nous le sommes tous, évolua d'une façon autrement rare ; il sortit de la situation morale un peu critique où nous nous trouvions par une porte magnifique et singulière que nous franchirons avec lui d'un élan impétueux, en ligne droite jusqu'à la tombe, où il repose, réconcilié par la mort avec les conditions générales de l'humanité.

Guaita avait peu d'analogie avec Paris ; il ne sut guère en prendre l'esprit. Nous y débarquâmes vers le même temps (novembre 1882, janvier 1883) ; je courus au canon ; après quelques excursions de reconnaissance, il se cantonna dans sa bibliothèque et dans ses tentatives poétiques.

De naissance il possédait un magnifique sens religieux. On ne peut s'en faire une idée complète sur ses recueils de vers, parce qu'il trouva un éditeur avant de s'être trouvé lui-même. Pourtant *Mater dolorosa* (8), *Pueri dum sumus*, *A la dédaignée*, *A Maurice Barrès*, *Hymne à Cybèle* (9), d'autres pièces flottantes encore marquent une direction significative. Quelque chose à définir, le sentiment du divin prenait possession de Guaita. Peu à peu il perdit le goût de la création pour s'abîmer dans la recherche des lois. Nous avons vu de même un Sully-Prudhomme se stériliser ou s'égarer dans les régions de la pensée spéculative. Celui-ci, pourtant, ancien candidat à l'École Polytechnique, possédait une préparation spéciale et puis il inclinait au positivisme où répugnait nettement mon ami. Schiller parle d'une certaine tendance philosophique qui caractérise les natures sentimentales ; il ajoute fort justement que ce n'est qu'avec le secours de la philosophie qu'on peut philosopher et que, privé de cette base, on tombe infailliblement dans le mysticisme.

Quand des hasards de lecture mirent Guaita en présence des vieux mythes qui déjà par leur pittoresque baroque devaient échauffer ses instincts imaginatifs de poète, il s'éprit de systèmes où étaient traduits les efforts de pures énergies spirituelles pour s'affranchir de la matière qui les emprisonne, pour s'élar-

gir dans l'espace et le temps, pour se désin-
carner. Il donna son adhésion immédiate à
une doctrine affirmant la liaison de tous les
phénomènes qui nous semblent séparés. Le
chimiste qui connaissait l'hypothèse moderne
de l'unité de la matière, le rêveur qui avait
toujours usé instinctivement des procédés de
l'intuition et de l'analogie pour embrasser les
ensembles, trouva dans l'antique sentier des
mages les matériaux pour se dresser un abri
à sa mesure et selon ses besoins. Guaita était
prédestiné ; la grâce lui vint, je me le rappelle,
sur une lecture du *Vice suprême*. Il lut
Eliphas Lévy et visita M. Saint-Yves d'Alvey-
dre. Dès lors ce fut fini de la versification ; il
devint l'historien des sciences occultes. Et
ces vieilles momies dont il déroulait les bandelettes lui donnèrent leur sagesse en échange
de sa santé dont il les ranima.

Dans les croyances de nos modernes Rose-
Croix, que reste-t-il des cultes primitifs de
l'Orphisme, des mystères antiques sur lesquels
se greffèrent les doctrines néo-platoniciennes

et les systèmes du moyen âge ?... J'essayerai
au moins de donner une impression des
études que mon ami venait d'aborder et qui
disciplinèrent sa vie.

La mosquée, aujourd'hui cathédrale de
Cordoue, est une forêt de colonnes précieuses,
marbres rares, jaspe, porphyre, brèche verte
et violette. Jadis on en comptait quatorze
cent dix-neuf ; sept cent cinquante subsistent.
Pour les accumuler, le calife Abderrhaman
razzia d'immenses espaces. De Raya, de Cons-
tantinople, de Rome et sans doute des ruines
de Carthage, elles furent apportées. Quel-
quefois leurs chapiteaux sont aussi barbares
que ceux des temples primitifs de l'Arabie,
et, tout à côté, on retrouve la délicatesse des
mosquées du Caire, de Damas et de Ceifa.
Dans la demi-lumière de cette incomparable
Djamy, l'imagination s'enivre à s'associer au
voyage de ces belles indifférentes qui, vers
l'an 786, après avoir soutenu et paré durant
des siècles les palais asiatiques et africains,
vinrent, ballottées par les flots, dans cette
Cordoue où notre main les caresse, et qui,

par un nouveau détour des destins, issues des
temples d'Astarté et de Janus, ayant cessé
de glorifier Allah, collaborent aujourd'hui au
prestige catholique.

La beauté de ces courtisanes nous attire,
et, prolongée si tard dans la vieillesse, elle
nous trouble. Quand tous les dieux dont elles
portèrent les toits seraient vaincus, elles ver-
raient encore des fidèles — artistes, archéo-
logues, tous ceux dont les cordes de l'imagination s'ébranlent sous les doigts de la
mort — baiser leurs marbres polis par une
suite immense d'actes de foi...

A chacun des *Essais de Sciences maudites*
qu'il me faisait parvenir, mon ami me pressait
d'adhérer à ses croyances ; je ne pus jamais
les prendre que pour de magnifiques invitations
au voyage. Ces rêveries naquirent jadis dans
les vallées de l'Euphrate et du Tigre, ou plus
avant encore dans les siècles où notre regard
se perd ; après avoir nourri Pythagore et ses
émules, après avoir fourni des notions à
Platon et retrouvé pour disciples les critiques
et les philosophes érudits d'Alexandrie, après

avoir apporté une part dans l'œuvre de Spi-
noza, de Hegel, et par là, si l'on veut, imprégné la conception de l'univers dont vit notre
siècle, elles luisent doucement — comme les
porphyres et les jaspes de Cordoue — dans
un canton délaissé de l'esprit moderne, où
Guaita trouva son contentement.

Des doctrines qui ont été les colonnes des
temples les plus importants de l'humanité
s'imposent à notre vénération. Et, pesant
l'œuvre du compagnon de ma jeunesse, je
dis : « Sa part fut noble, puisqu'il nous a
donné l'expression la plus récente de la plus
antique des littératures ecclésiastiques ! »

Il paraît qu'à la fin du siècle dernier la tradition de l'occultisme se trouva fort compro-
mise ; une terrible lutte venait d'éclater entre
les sociétés blanches (illuminés et martinistes)
et les sociétés rouges (jacobins) ; la Révolu-
tion de 1789 fut un épisode de ces querelles.
(Je parle d'après le D* Encausse ; je n'ai pas
besoin d'avertir que je suis loin d'attacher
à ces versions une valeur historique ; mais
pour faire connaître superficiellement ces

doctrines, il faut indiquer leur partie légendaire aussi bien que leur partie dogmatique.) Les sociétés spiritualistes, diminuées, mais non écrasées, s'attachèrent à conquérir les intellectuels ; la masse fut abandonnée aux philosophes et aux athées. Fabre d'Olivet, Eliphas Lévy, Lucas Wronski, Vaillant et Alcide Morin gardaient et augmentaient le trésor de l'occultisme. De 1880 à 1887, les initiés s'émurent, car des sociétés étrangères intriguaient pour dépouiller la France et pour porter à Londres la direction de l'occultisme européen. Peut-être même voulait-on anéantir l'œuvre des véritables maîtres de l'Occident ! C'est alors qu'intervint Guaita. Il se proposait une triple tâche : l'étude des classiques de l'occulte, la méditation ou effort pour entrer en communion spirituelle avec l'unité divine, enfin la propagande. Pour mener à bonne fin cette reconstitution, cette « réforme », comme disent ses disciples, il sortit des ténèbres l'*Ordre kabbalistique de la Rose-Croix* qui comprend trois grades, le baccalauréat, la licence et le doctorat en Kabbale, accessibles par des examens. Il en fut le grand maître et il l'administrait avec le concours d'un conseil suprême, composé de trois chambres.

« L'école matérialiste officielle, nous dit le Dr Encausse, menaçait de faire disparaître à jamais les hauts enseignements des Hermétistes et des Kabbalistes chrétiens. A côté des classiques du positivisme, la Rose-Croix créa les classiques de la Kabbale, Eliphas Lévy, Wronski, Fabre d'Olivet, et mit à l'étude les œuvres des véritables théosophes, Jacob Boehm, Swedenborg, Martinez Pasqualis, Saint-Martin, qui sont les seuls que la théosophie, digne de ce véritable nom, connaîtra plus tard, comme ce sont les seuls qui furent connus du xve au xixe siècle. Bientôt des élèves nombreux et déjà versés dans les sciences et les lettres profanes, ingénieurs, médecins, professeurs, littérateurs, accoururent. Cette floraison d'intellectualité s'imposa vite à toutes les sociétés initiatiques de l'étranger par la publication d'une belle série de thèses de doctorat en Kabbale. C'est Guaita qui la dirigeait. Sa prodigieuse érudition lui permettait d'indiquer en toute sûreté les sujets de thèse pour la grande gloire de l'ordre et de la vieille réputation des écoles initiatiques françaises. Grâce à cet ordre de la Rose-Croix, une véritable aristocratie d'intellectuels était créée dans l'initiation, un Collège de France de l'ésotérisme était constitué et son influence s'étendait vite au loin. »

Telle est l'œuvre que les occultistes ont vu

10

Guaita accomplir. Il a réformé leur petite communauté ; ils sont juges de l'accroissement de forces qu'ils reçurent de son intervention. Il laisse trois gros volumes : *Essais de Sciences maudites*, qui semblent devoir se placer auprès des grands classiques de l'Occulte, respectés et consultés comme des Bibles (10).

Chacun a ses limites. Un ouvrage qui peut transformer tel être ne saura rien dire à tel autre. Qu'en conclure ? Tout livre a pour collaborateur son lecteur. On l'accorde des traités de science et de philosophie où il faut que l'étudiant apporte des aptitudes et aussi une instruction préalable. C'est vrai d'une façon plus absolue encore pour des œuvres d'une qualité religieuse qu'on ne peut aborder qu'avec un état d'esprit spécial. Moi qui ne distingue qu'une poussière dont je suis tout incommodé sur la route royale des Boehm et des Swedenborg, je suis indigne de décrire les vastes espaces où mon ami avait installé ses tentes et recevait l'hommage de ses émules. Si je trouve à ses *Essais* une forme très dé-

terminée et un sens peu arrêté, c'est que je
ne me suis pas conformé à la maxime hermé-
tique : « *Lege, lege, lege et relege, labora, ora
et invenies.* » Mais quoi ! je l'ai aimé, je me
représente les états successifs de sa sensibilité.
Je sais qu'il fut un philosophe, si, comme je
le crois, la philosophie, c'est devant la vie le
sentiment et l'obsession de l'universel, et devant
la mort l'acceptation. J'avais pour devoir de
fixer quelques-uns des traits de cette noble et
chère figure. Quant à son œuvre d'occultisme,
je la confie aux élèves qu'il a formés. Précisément, dans une étude sur Guaita, et parlant
de leurs maîtres communs, les Guillaume
Postel, les Reuchlin, les Klunrath, les Nicolas
Flamel et les Saint-Martin, le Dr Marc Haven
a écrit une phrase forte : « Ces hommes furent
d'âpres conquérants, en quête de la toison
d'or, refusant tout titre, toute sanction de
leurs contemporains, parlant de haut, parce
qu'ils étaient haut situés et *ne comptant que
sur les titres qu'on obtient de ses propre descendants* (11). »

Nous avions gardé de notre jeunesse, Guaita
et moi, l'habitude de lire à haute voix, quand
nous passions une soirée ensemble. Une
année avant sa mort et comme il m'avait lu
une des autorités de l'Occulte, je pris l'incomparable conversation de Pascal avec M. de Sacy,
qui avec ses deux pentes contrastées et fécondes est, pour mon goût, le sommet le plus
solide à l'œil, le plus fier et le plus caractéristique du grand massif littéraire français. Mon
ami, familier des nuages, se trouvait là, je crois
bien, sur des coteaux trop modérés. Nous dis-
cutions, et je lui répétais après Pascal : « Il faut
être pyrrhonien, géomètre, chrétien, c'est-à-
dire qu'il faut d'abord une analyse aiguë, puis
un raisonnement puissant, et, seulement après
une dévotion passionnée, l'enthousiasme, le
stade religieux. » A bien y réfléchir, ma critique ne portait pas complètement : Guaita
n'était point un enthousiaste sans assises.
Dans les croyances de nos modernes Rose-
Croix une proportion notable d'éléments
scientifiques se mêlent à ces monstrueux amal-
games auxquels les superstitions de l'Orient

et celles de l'Occident, les excès du sentiment religieux et de la pensée philosophique, l'astrologie, la magie, la théurgie et l'extase donnent une couleur propre à enchanter un ancien poète parnassien. Des vérités scientifiques forment le canevas sur lequel se plaisent à broder l'imagination, l'esprit de système et une érudition peu critique. Guaita aimait à s'autoriser d'une phrase de M. Berthelot : « La philosophie de la nature qui a servi de guide aux alchimistes est fondée sur l'hypothèse de l'unité de la matière ; elle est aussi plausible au fond que les théories modernes les plus réputées aujourd'hui. Les opinions auxquelles les savants tendent à revenir sur la constitution de la matière ne sont pas sans analogie avec les vues profondes des premiers alchimistes. »

Le Dr Paul Hartenberg, qui fut un des familiers de Guaita dans les dernières années, nous donne son témoignage : « Guaita aimait à m'interroger sur le mécanisme psycholologique des idées fixes, des obsessions, des hallucinations, qui ont une si grande part

dans les préoccupations des occultistes. C'est
qu'il avait la conviction que le merveilleux et
le surnaturel ne présentent que des modalités,
encore inexpliquées, du phénoménisme naturel
et n'infirment en rien les grandes lois qui
régissent la vie universelle. Il savait que sous
les voiles complaisants des symboles se
cachent quelques vérités simples et éternelles.
Parfois même il regrettait toute cette termi-
nologie mystérieuse, tous ces attributs décon-
certants et surtout la rhétorique sonore dont
certains entourent les doctrines ésotériques. »

Mais ne prendrais-je pas un souci superflu
et un peu puéril en voulant faire rentrer Guaita
dans les gros bataillons de la science ? Ceux
qui essaient de définir l'infini et d'exprimer
l'ineffable sont entraînés à tracer des figures
insuffisantes et un peu ridicules. Il serait
injuste de s'arrêter à ce que les études des
occultistes semblent avoir de bistourné, de
confus et de verbal, puisque pour un groupe
d'hommes de valeur elles sont un langage
clair et un lien de haute moralité, Il serait cri-
minel de chercher à extirper ce qui nous

semble un peu charlatanesque dans ces doctrines, car on risquerait avec ce faux purisme
d'atteindre leurs parties essentielles, les or-
ganes de vie par lesquels elles adhèrent si
profondément à l'âme de leurs fidèles. Il me
semble que si l'on veut se placer juste au
point convenable pour apprécier un penseur
comme Guaita, il faut d'abord méditer et accepter la belle formule gœthienne : « Ne rien
gâter, ne rien détruire. » C'est entendu, mon
ami ne marchait pas d'accord avec les idées à
la mode de son temps. C'est entendu encore,
ce mouvement général qui met aujourd'hui
chaque génération à la suite des livres de
classes arrêtés par M. le ministre de l'Instruction publique ne laisse pas d'avoir du
grandiose, et un tel accord peut être inter-
prété comme un hommage à la Vérité. Cependant, les types fortement accusés, s'ils n'ont
plus d'emploi dans une société où tout tend à
les réduire et qui marche en rang de collé-
giens, doivent être recueillis par les gens de
culture. Les esprits vulgaires veulent que leur
état propre soit le type de l'intégrité intellec-

tuelle. Ils traitent d'aliénation la mélancolie
si raisonnable des Rousseau, des Byron. Ces
grands hommes, en effet, ne possédèrent
jamais le magnifique équilibre des imbéciles.
La bizarre indépendance de mon ami, chez
qui il y avait du sang allemand, est un beau
legs du Nord à notre discipline latine.

Si nous maintenons notre regard sur la
biographie de Guaita et si nous la fixons
avec ce sentiment généreux qui laisse les
images prendre dans l'esprit toute leur importance, elle nous permettra de nous représenter
ce que furent dans le passé certaines vies
religieuses. J'ai lu de pitoyables notices sur
Guaita. Pour mettre des couleurs exactes dans
son portrait, nous devons marquer comme
ses dominantes sa parfaite simplicité de manières et une sorte de beauté morale qui, ne
cherchant aucun effet, conquérait d'autant
plus fortement.

Osons le mot dans une notice sur un théo-
sophe : Guaita s'enfermait dans la catégorie
de l'Idéal. Son effort continuel était de s'en
faire une image plus épurée et pour cela de

se perfectionner. Lui qui écrivit des livres où
la science de Dieu est tout abstraite et des-
séchée, il mêlait à tous les actes de sa vie le
sentiment religieux le plus noble, le plus
facile, le plus libre dans son développement.
Nous avons le droit de considérer comme un
culte permanent — peu arrêté, peu clair, mais
par là d'autant moins critiquable — sa délicatesse de conscience, l'enthousiasme de ses
veilles, les scrupules qu'il apportait avec les
rares amis de sa solitude. Hors la beauté
morale, tout lui était étranger.

Cette inaptitude à tout ce qui n'est pas la
vie la plus hautement noble concordait d'une
façon excellente avec ses manières d'homme
parfaitement courtois. Ses amis l'ont vu dans
deux cadres fort inégaux en agréments, mais
l'un et l'autre appropriés à un solitaire mystique. Il passait cinq mois de l'année dans un
petit rez-de-chaussée de l'avenue Trudaine, où
il recevait quelques occultistes. Il demeurait
parfois des semaines sans sortir. Il avait

amassé là toute une bibliothèque étrange et
précieuse ; des textes latins du moyen âge, des
vieux grimoires chargés de pantacles, des
parchemins enluminés de miniatures, les édi-
tions les plus estimées des Van Helmont,
Paracelse, Raymond Lulle, Saint-Martin,
Martinez Pasqualis, Corneille Agrippa,
Pierre de Lancre, Knorr de Rosenroth, des
manuscrits d'Eliphas, des reliures signées
Derome, Capé, Trautz-Bauzonnet, Chambolle-
Duru, des ouvrages de science contemporaine.
« Dans cette atmosphère, habitée par les plus
audacieuses intuitions de l'esprit humain, dit
un de ses visiteurs, semblaient flotter des
pensées et on respirait de l'intelligence. » On
y était hors du temps. Guaita, qui lisait rare-
ment les journaux, classait les hommes de
notre époque, non d'après leur personnalité
ou leur situation acquise, mais selon le profit
qu'il tirait de leurs œuvres. Cette manière
faite d'équité et d'égoïsme intellectuel l'ame-
nait à contredire nos raisons, nos modes et
aussi le sens commun. Dans cette faculté que
garda Guaita de vivre et de penser en dehors

des conditions générales de l'époque, je
reconnais les habitudes que nous avions prises
au beau temps de notre jeunesse et quand
nous nous donnions nos fièvres cérébrales à
Nancy. De telles conceptions comportent bien
de la naïveté ; on y reconnaît l'influence des
poètes qui nous formèrent le jugement et qui
pour la plupart ont écrit leur chef-d'œuvre
quand ils étaient tout jeunes, tout inexpéri-
mentés. Mais enfin, c'est une avoine, cette
illusion, et qui aide à trotter. Tout un petit
monde de travailleurs respirait de la force
dans cet air raréfié où Guaita se confinait
avenue Trudaine. J'y étais aimé sans variation à craindre, puisque c'était pour notre
passé. Les amis de notre jeunesse qui meurent,
ce sont des témoins dont l'absence peut nous
faire perdre les plus graves procès : eux,
voyaient les racines et reconnaissaient la
nécessité de certains de nos actes, que les
étrangers dorénavant jugeront en bien ou en
mal, selon les convenances de leur politique.

Les sept mois qu'il passait hors de Paris,

Guaita les vivait à la campagne, auprès d'une
mère admirable, dans une intimité de sentiments religieux qui correspondaient à sa conception morale de l'univers. Le château
d'Alteville est situé dans la partie la plus
solitaire de la Lorraine allemande, parmi les
vastes paysages de l'étang de Lindre. Un ciel
le plus souvent bas, un horizon immobile,
un silence jamais troublé que par le cri des
paons, des bois de chênes toujours déserts,
un vieux parc avec quelques bancs bien placés, des appartements où demeure le calme
des vies qui s'y développèrent, tout ce décor
immuable de son enfance favorisait ses méditations larges et monotones. Il les poursuivait
durant toutes les nuits. En prolongeant ainsi
ses réflexions voulait-il compenser la brièveté
de sa vie ? Il lui plaisait au terme de ses
veilles de voir poindre le jour : aurore triom-
phant des épais rideaux, promesse que la
nature faisait à ce chercheur d'absolu et que la
mort vient d'acquitter ! C'est auprès d'Alteville, contre l'église de Tarquimpol, que Guaita
est enterré, le dernier, tout au moins pour la

branche française, d'un nom estimé depuis des générations (12).

Si j'essaie de me rappeler le temps que j'ai vécu depuis ma jeunesse, je n'y retrouve que mes rêves. En remontant leur pente insensible, je m'enfonce dans une demi-obscurité qui leur est facile comme les nuits d'Orient. Elle me laisse apercevoir seulement des ruines et des feuillages ; ce sont quelques images illustres et des temples, que jadis j'ai interrogés, et puis les lauriers, les chênes verts d'Italie, les jardins parfumés d'Espagne, qui m'ont excité à jouir de la vie. Sur ce petit chemin et dans cette atmosphère romanesque, il ne manquait rien qu'un tombeau. Celui qui dans un terme si court vient d'être élevé au compagnon de ces grandes débauches de poésie, pendant lesquelles nous avions presque effacé la vie réelle, m'avertit de l'unique réalité.

Juin 1898.

UNE IMPÉRATRICE DE LA SOLITUDE

A René Quinton, au savant biolo-
giste que nous remercions de quatre
pages inestimables sur la qualité fon-
damentale et la suprématie de l'esprit
français.

UNE IMPÉRATRICE DE LA SOLITUDE

Elisabeth de Bavière, impératrice d'Autriche! Par une fuite continuelle, par son éventail interposé et par la pratique de la restriction mentale, elle put jusqu'à sa mort cacher quel chef-d'œuvre ses propres soins secrets l'avaient faite. Aujourd'hui nous la contemplons : sinon directement, du moins telle qu'elle se réfléchit dans la mémoire d'un jeune poète, tout préparé par son tempérament et par les circonstances à ressentir la beauté.

Le docteur Constantin Christomanos se souvient que j'ai essayé de décrire une méthode pour gouverner notre sensibilité, et même, nous raconte-t-il, l'impératrice daignait se plaire à ces petits romans dont il lui donnait lecture. Il pense à juste titre que son mémo-

rial d'une reine qui ne voulut d'autre royaume
que sa vie intérieure nous fournira la plus
abondante et la plus rare contribution au Culte
du Moi. Il nous demande de présenter au
public français son *Elisabeth de Bavière* (13).
Mais qui sommes-nous pour manier ce poème
vraiment impérial où l'imagination du plus
pauvre lecteur amassera d'elle-même un
magnifique commentaire ?

La divine Antigone de Sophocle dit à sa
sœur Ismène : « Depuis longtemps je suis
morte à la vie, je ne peux plus servir que les
morts. » C'est une insensée, pense Créon.
« Prince, lui répond Ismène, jamais la raison
que la nature nous a donnée ne résiste à
l'excès du malheur. » On aime à trouver dans
la langue que préférait l'impératrice les mots
qui touchent sa plaie sans l'offenser.

Du point de vue où nous nous plaçons,
nous devons bénir les souffrances d'Elisabeth
de Bavière. La jeune impératrice émerveillait
ses peuples et la haute société européenne,
mais, quel que fût le romanesque de sa première beauté, on préférera celle que lui firent

les meurtrissures de la vie. L'impératrice Eugénie la copiait. Qui donc pourrait nier ce qu'ajoutèrent des larmes de sang et les stigmates de la vie à leurs charmes de déesses ?

Au seul prononcer de ce nom, l'impératrice Elisabeth, le lecteur imaginatif — et celui-là seul poursuivra cette lecture — voit, de ses propres yeux, un confus amas d'horreurs autour d'un trône chancelant ! Sa sœur, la duchesse Sophie d'Alençon, brûlée vive au Bazar de la Charité ; une autre sœur qui perd héroïquement aux murailles de Gaëte un royaume ; son beau-frère, l'empereur Maximilien Ier, fusillé à Queretaro ; sa belle-sœur, l'impératrice Charlotte, folle de douleur ; son cousin préféré, le roi Louis II de Bavière, noyé dans le lac de Starnberg ; son beau-frère, le comte Louis de Trani, suicidé à Zurich ; l'archiduc Jean de Toscane, renonçant à ses dignités et se perdant en mer ; l'archiduc Guillaume, tué par son cheval ; sa nièce, l'archiduchesse Mathilde, brûlée vive ; l'archiduc Ladislas, fils de l'archiduc Joseph, tué à la chasse ; son propre fils enfin, le prince héritier Rodolphe, suicidé, ou assassiné, dans une nuit de débauche dont l'horreur reste couverte d'un voile noir...

Dans sa maison le Meurtre, le Suicide, la Démence et le Crime semblent errer, comme les Furies d'Hellas sous les portiques du palais de Mycènes. Enfin une mort tragique vient donner un suprême prestige à cette âme que les coups acharnés du destin avaient travaillée comme une matière rare.

O sombre magnificence! M. Christomanos ne nous décrit point ce *cursus honorum*. On aimerait d'étudier les cruelles étapes antérieures de cette fille d'une vieille race, puis la lente altération qui la menait, impératrice, dans les solitudes et qui, morte, la sort de la foule vulgaire des ombres. Pour nous rendre tout intelligible cette cousine de Louis II (14), il faudrait une solide histoire des Wittelsbach (15). Les événements ne firent sans doute que prêter leur pente à des inclinations naturelles. Mais il ne s'agit point aujourd'hui d'analyser cette prédestination. Acceptons une part de mystère. Sur un fond

d'horreur sacrée s'accentue d'autant mieux la
figure de l'impératrice. Nous prendrons ici
Elisabeth d'Autriche comme une excitatrice
de notre imagination, comme une nourriture
poétique et une hostie de beauté. Elle peut
faire un des refuges, un des sommets de notre
rêverie.

I

UN PETIT ÉTUDIANT CORFIOTE

Il faut d'abord que l'on sache d'où nous viennent ces précieuses révélations. Examinons l'instrument par lequel nous allons voir.

En 1891, il y avait un petit étudiant corfiote qui travaillait, tout le jour et fort avant le soir, dans une maison triste et décente d'un faubourg de Vienne. Seulement, quand il cherchait des citations latines pour sa thèse sur les « Institutions byzantines dans le droit franc », parfois il rêvait et soupirait. Au soir, un merle venait se poser sur le toit d'en face et chantait, chantait, jusqu'à ce que l'obscurité noyât sa petite forme et sa petite voix. Or, voici que l'impératrice d'Autriche eut le caprice d'apprendre le grec et voulut un jeune

Hellène qui la suivît dans ses promenades. On lui parla de l'étudiant. Elle le fit chercher par une voiture de la cour.

Vous distinguerez les défauts et les qualités de M. Christomanos sur la première page de son livre, charmante de jeunesse et de perméabilité à tout ce qui est fastueux, esthétique et rare. N'est-il point quelque frère de Julien Sorel, frère, cependant, tout imprégné d'orientalisme ?

« Un valet de pied, vêtu de noir, me reçut à l'entrée du parc, et me dit que Sa Majesté m'invitait à l'attendre. Il me conduisit près du château, et me laissa dans un bosquet, parmi les pelouses, après s'être profondément incliné. Subitement transporté de l'atmosphère grise et du banal tous les jours de Vienne dans cet impérial jardin fermé où ne pénétraient pas les simples mortels, ébranlé par l'attente d'un événement décisif, je me trouvais poussé pour ainsi dire hors de moi. C'était comme si j'éprouvais tout cela en une autre personne. J'avais le sentiment de rêver

un rêve étrange et délicieux, et je craignais
qu'il ne s'évanouît trop tôt ; d'autre part, le
désir impatient de ce qui allait venir m'exas-
pérait, comme si je ne pouvais pas attendre le
réveil.

« Je ne connaissais l'impératrice que par
ses portraits qui la représentaient presque
toujours le diadème au front. Quel indicible
émoi ! Autour d'un buisson tremblant de
mimosa, des essaims d'abeilles bourdonnaient.
Certes, ces petites boules fleuries ne savaient
pas qu'elles étaient là pour moi autant que
pour les abeilles, pour que leur regard et leur
souffle embaumé me rendissent cette heure
inoubliable, autant que pour donner leur miel
aux abeilles. Les abeilles et mon sang bourdonnaient à mes tempes, et je me disais :
« Voilà un monde qui vit sans moi, qui ne
« semble pas me connaître et qui, cependant,
« d'un lointain infini tend vers moi et m'attend. »

« Je ressens encore la poésie de cette heure
de merveilleuse angoisse qui m'emportait loin
de moi-même vers un horizon de mystère
sans limites. J'attendais et mon cœur s'em-

plissait de plus en plus de la certitude que
j'étais sur le point de voir apparaître ce que
ma vie aurait de plus précieux... Soudain, elle
fut devant moi, sans que je l'eusse entendue
venir, svelte et noire.

« Dès avant que son ombre m'eût atteint
pour me tirer en sursaut du rêve où je m'abî-
mais, je sentis son approche. Elle se tenait
devant moi, un peu penchée en avant. Sa
tête se détachait sur le fond d'une ombrelle
blanche que traversaient les rayons du soleil,
ce qui mettait une sorte de nimbe léger autour
de son front. De la main gauche, elle tenait
un éventail noir légèrement incliné vers sa
joue. Ses yeux d'or clair me fixaient...

« Je ne sus tout de suite qu'une chose :
c'était Elle. Comme elle ressemblait peu à
tous les portraits ! C'était un être tout autre,
et pourtant c'était l'Impératrice : une des ap-
paritions les plus idéales et les plus tragiques
de l'humanité. Que lui dis-je ? J'ai honte de
me le rappeler. Je balbutiai quelques phrases
sur ma joie et le grand honneur... Mais elle
dit, les yeux rayonnants d'une grâce infinie :

— Quand les Hellènes parlent leur langue, c'est comme une musique. »

Que parlai-je de Julien Sorel! Je crois distinguer la jeune Esther, quand elle s'évanouit devant Assuérus; je crois entendre, qui ranime cet enfant, le vers racinien :

Esther, que craignez vous? Suis-je pas votre frère?

Le docteur Christomanos, jusqu'à sa mort, demeurera persuadé de cette fraternité poétique. Il serait déplorable qu'une telle persuasion l'eût amené à dénaturer dans son journal les sentiments et les paroles de l'impératrice. Je crois qu'on peut retrouver sous la manière du jeune poète les mouvements d'Elisabeth de Bavière. C'est bien dans cette noble intimité que nous pénétrons à la suite de ce guide follement sensible et qui possède de naissance le goût des plus rares fantaisies esthétiques.

II

On doit regretter que le second Empire n'ait pas chargé Théophile Gautier de parcourir le monde pour en dresser le minutieux inventaire pittoresque ; plût au ciel que le destin m'eût attaché à la personne de Bonaparte, depuis Brienne jusqu'à Sainte-Hélène, pour rendre témoignage des séances du Conseil d'Etat, des enivrements du triomphe et des tragédies terminales ; félicitons-nous des circonstances qui permirent à M. Christomanos, nerveux qu'enivrent le luxe, le mystère et la beauté, de ramasser à la Hofburg, dans sa dix-neuvième année, tant de couleurs, de parfums, de saveur, toute une chaude poésie orientale, décorative et lyrique.

Ce jeune homme installé près de la

souveraine prit des notes au jour le jour.

« Mon appartement, écrivait-il, est situé dans l'aile léopoldine. On arrive du Franzensplatz, à côté du corps de garde, par un étroit escalier en colimaçon, jour et nuit éclairé au gaz, « l'escalier des confiseurs », à un long corridor tapissé de nattes, « le passage des demoiselles ». Une longue suite de portes avec des noms de dames d'honneur sur des cartons blancs. Tout au bout, des gardes de la Burg qui vont et viennent lentement avec des cliquetis de sabres. A ma surprise, je lis sur une de ces portes mon nom : voilà donc mon existence à venir étiquetée dans cette armoire à tiroirs qu'est la cour. Ma chambre est vaste, mais basse de plafond. Une grande double fenêtre donne sur la place extérieure du château et sur le Volksgarten que maintenant un crépuscule gris enveloppe. Sur le parquet poli comme un miroir, le feu du poêle envoie voleter des essaims de feux follets. Les tentures et les meubles sont à rayures grises et blanches. Un paravent de soie rouge masque à demi le lit recou-

vert, lui aussi, d'une lourde soie. Le tout,
du reste, d'une simplicité de très grand air.

« Dès ce premier soir, l'impératrice me
reçut. Un laquais du service privé vint m'avertir que Sa Majesté avait su mon arrivée et me
priait de me rendre auprès d'elle. Je me hâtai,
à pas muets sur les nattes, tout le long du
couloir, parmi des laquais et des chámeristes
qui chuchotaient, puis, après un coude, par
un corridor plus large, qui traverse l'aile dite
de l'impératrice Amélie. C'est la partie du
château qui regarde le Franzensplatz du gros
œil de son horloge flamboyant dans la nuit ;
elle est habitée exclusivement par l'impératrice et sa suite. Par une porte secrète, j'arrivai
au grand escalier d'honneur, puis, un étage
plus bas, sur un palier, où un garde de la
Burg en grand uniforme était planté immobile
devant une très grosse portière de velours.
Derrière cette draperie, un vestibule de style
empire, avec ce luxe froid et nu des anti-
chambres princières où l'on gèle si atrocement
quand on n'est pas né laquais. Plusieurs
huissiers à bas blancs, culottes vert-amande,

s'inclinèrent devant moi jusqu'à terre, les
portes s'ouvrirent comme d'elles-mêmes, et
je me trouvai à l'improviste dans une seconde
pièce qui était encore plus somptueuse, mais
dont l'accueil me fut moins fermé et moins
hautain. Là, un autre garde-porte, apparem-
ment de rang plus élevé, en habit noir, vint à
ma rencontre. Je m'aperçus que j'avais pris
instinctivement une nouvelle allure, et que je
la soutenais avec une grande virtuosité ; il
s'agit de marcher sans s'arrêter et sans hâte,
en glissant sur le parquet plutôt qu'en le
foulant, sans butter aux saluts ni aux révé-
rences. Le valet de chambre de l'impératrice,
également en noir (la livrée de deuil privée de
Sa Majesté), sortit de la porte opposée, s'in-
clina profondément, et disparut aussitôt par
la même porte, sur la pointe des pieds, pour
m'annoncer. Tous ces gens retenaient leur
souffle et leur âme, et n'étaient que frac et
pointes des pieds. La porte s'ouvrit à deux
battants, sans le moindre bruit. Derrière un
paravent de soie écarlate, j'entrai dans une
vaste salle brillamment éclairée. Sur les murs,

des soies rouges, tout autour des meubles
dorés, de larges et profonds miroirs tenant des
panneaux entiers, puis, au milieu, de grands
lustres pendants. Une atmosphère d'une pureté
presque immatérielle s'exhalait vers moi.

« D'une autre porte ouverte dans le fond et
qui laissait entrevoir un petit salon, l'impératrice m'apparut, venant à ma rencontre...

« ... Les murs scintillaient de rouge sombre,
des flammes sans nombre ruisselaient sur les
dorures et rejaillissaient de la profondeur des
miroirs, les cristaux en losanges des lustres
étincelaient comme des pierres précieuses
suspendues, et l'impératrice, vêtue de noir, se
tenait devant moi, souveraine de toute cette
splendeur. Elle me salua, d'abord, de loin, et
me dit qu'elle se réjouissait de me revoir près
d'elle. Et dès qu'elle eut ouvert la bouche et
que sa voix eut résonné, le rayonnement
autour d'elle pâlit. Ainsi je reconnus qu'elle
était plus rayonnante encore que ce qui l'en-
tourait. Je savais déjà, avant d'entrer, ce que
je trouverais ici, et pourtant j'étais ébloui.
Nous nous promenâmes, une heure durant,

sur le tapis mat, où le pied s'enfonçait comme
sur un jeune gazon, et dans des flots de lumière dont l'attouchement agissait comme un
air tiède, ou, mieux, comme une musique.

« Tout autour, des meubles dorés se dres-
saient à de longues distances, et dans un
calme parfait, comme des objets enchantés.
Nulle ligne ne bougeait. De grands miroirs
prolongeaient la pièce où la lumière rebondis-
sait, comme une buée fluide d'or et de sang.
L'atmosphère de l'étiquette espagnole baignait
les coins sombres, les portraits princiers dans
de lourds cadres dorés et les portes secrètes
tapissées de soie. Mais je sentis plus que je
ne vis, presque dissimulées par les lourdes
soies et les dentelles des rideaux, des azalées
grandes comme des arbres, épanouies, ô tendre
floraison, en innombrables calices blancs et
roses. Ainsi l'on peut s'imaginer que tous les
jeunes arbres se tiennent cachés pendant l'hiver, en de semblables palais, chez quelque
fée exilée. »

Il ne faut jamais craindre en art de forcer

le caractère. Dans ce portrait d'Elisabeth de
Bavière il y a quelque chose d'étrange. Songez à Velasquez, à Delacroix, à Manet. Mais
pourquoi citer ces trois peintres ? Tout artiste,
dans toute création, place naturellement un
peu d'énigmatique, une note bizarre ou cruelle
qui semble étrangère à la nature, qui nous
donne une commotion et qui, d'une manière
irrésistible, ouvre dans notre âme de profondes
avenues. Si j'avais à considérer la vie d'Elisabeth de Bavière comme un document, comme
le point de départ d'une invention artistique,
je saisirais avec vivacité, pour en faire un des
ferments de mon travail, le spectacle que cette
impératrice offrit au jeune Christomanos, certain jour qu'elle l'avait appelé à Schœnbrunn.
Il vit des cordes, des appareils de gymnastique et de suspension, fixés à la porte du
salon impérial : Sa Majesté était en train de
« faire des anneaux ». Elle portait une robe de
soie noire à longue queue, bordée de superbes
plumes d'autruche, noires aussi. Le jeune
homme n'avait jamais vu la souveraine habillée avec tant de pompe. « Suspendue aux

12

cordes, elle faisait un effet fantastique, comme
d'un être entre le serpent et l'oiseau. Pour
poser les pieds à terre, elle dut sauter par-
dessus une corde tendue assez bas.

« Cette corde, dit-elle, est là pour que je ne
désapprenne pas de sauter. Mon père était un
grand chasseur devant l'Eternel et il voulait
nous apprendre à sauter comme les cha-
mois. »

« Puis elle me pria de continuer la lecture
de l'*Odyssée* (16). »

III

A travers le chant de ce page amoureux d'une étoile, commence-t-on de soupçonner le rythme singulier d'Elisabeth d'Autriche?

Pour faire sentir l'humeur individuelle de tous ses jugements et qu'on ne nous soupçonne point de prendre son portrait dans notre rêverie, il faut que sa ressemblance puisse se former sous les yeux d'un lecteur patient. Goutte à goutte, comme un parfum, laissons s'épandre autour de nous, un peu au hasard, cette sensibilité impériale. Qui donc plaindra le temps qu'il y donne?

On ne doit pas errer sur l'élément fondamental de cette impératrice. Dès les premiers jours, ayant surpris sans doute quelque étonnement chez M. Christomanos, elle lui disait :

— Quand une dame d'honneur est près de moi, je suis tout autre, n'est-ce pas? Vous l'avez remarqué. En effet, il me faut toujours dire aux comtesses quelque chose qui leur permette de répondre. C'est là exactement leur office. Le plus grand effroi des rois est de toujours interroger.

Cette franchise saisissante nous introduit au cœur du mystère que furent l'âme et la vie d'Elisabeth de Bavière. Dans cette richesse d'émotivité où nous allons nous éblouir tout à l'aise, la satiété et le mépris, voilà d'abord les deux caractères qui frappent. Cette impératrice n'aimait qu'une chose, impossible à trouver dans les cours : le pur, le simple, la nature dépouillée de tout artifice.

— Grâce à mes longues solitudes, dit-elle à Christomanos, je reconnais que la lourdeur de l'existence, on la sent surtout par le contact avec les hommes. La mer et les arbres enlèvent de nous tout ce qui est terrestre. Nous devenons nous-mêmes un des êtres sans nombre. Tout commerce avec la société

humaine nous fait dévier dans cette ascension
et aiguise la sensation de notre individualité,
ce qui fait toujours souffrir. Certains hommes
cependant me sont aussi agréables que les
arbres ou la mer. Je pense aux pêcheurs, aux
paysans et aux fous de village, gens qui se
meuvent peu parmi la foule des mortels et qui
commercent beaucoup avec les choses éternelles. Ils me donnent plus qu'assurément je
ne pourrais jamais leur donner comme impératrice. C'est pourquoi je les quitte toujours
avec une grande gratitude ; ils me délivrent
de quelque chose d'étranger et d'angoissant
qui s'accroche à moi et m'oppresse.

Ceux qui ont quelque habitude des atténua-
tions que les personnes bien élevées se plaisent à mettre sur leurs pensées, distingue-
raient déjà derrière cette haute et poétique
philosophie une souveraine qui se dérobe, une
impératrice réfractaire, mais elle ne permet
point qu'aucun doute en subsiste; elle laisse
glisser à ses pieds, devant nous, le sceptre et
la couronne :

— Nos sentiments intimes sont plus précieux, dit-elle, que tous les titres et que toutes
les dignités, guenilles bariolées par lesquelles
on croit cacher des nudités...

Elle complétait cette pensée, peu convenable dans sa bouche, par une affirmation
magnifique et féconde à méditer :

— Ce qui a de la valeur en nous, nous l'apportons de nos antérieures existences spirituelles.

Cette vue commande toutes ses opinions.
C'est ainsi qu'elle dira : « Moins les femmes
apprennent, plus elles ont de prix, car elles
tirent d'elles-mêmes toute science. Le reste ne
fait que les égarer ; elles désapprennent une
partie d'elles-mêmes pour s'approprier impar-
faitement de la grammaire ou de la logique. C'est
une illusion d'alléguer qu'ainsi cultivées elles
donneront des fils intellectuellement mieux
doués. Et puis, pour aider les hommes dans
leurs affaires, elles ne doivent pas leur souffler
des conseils et des pensées, mais, par leur seul
contact, elles doivent éveiller et faire mûrir
chez les hommes des idées et des résolutions. »

Si j'écarte le point de vue d'un sujet autrichien qui veut qu'on tienne l'emploi d'impératrice et reine, comment s'abstenir d'admirer ce cerveau qui comprenait, à une époque où ces simples notions sont étrangement méconnues, que des êtres ne peuvent porter que les fruits produits de toute éternité par leur souche ? Amenée d'instinct par sa délicatesse esthétique à cette constatation des naturalistes, l'impératrice disait un autre jour : « La culture se rencontre même dans les déserts de l'Arabie, sur les mers et les prairies solitaires. La civilisation étouffe la culture ; elle réclame pour soi chaque être humain et nous met tous dans une cage. La culture, chaque homme la porte en soi comme un legs de toutes ses existences antérieures. Souvent la civilisation et la culture viennent de directions opposées et s'entre-choquent ; alors l'être humain est dégradé. » Elle ajoutait, et il y a un enchantement de poésie dans une phrase si forte de bon sens : « Les pauvres, quelles victimes ! On leur a pris la culture, et, en retour, on leur montre la civilisation dans un lointain inaccessible. »

Des vues aussi saines, où nous vérifions, une fois de plus, la concordance de l'instinct et de la science, la rendaient méprisante. Elle aimait à réciter avec l'accent le plus ironique ces vers de Heine : « Le monde et la vie sont trop fragmentaires ; je veux aller trouver le professeur allemand. Celui-là sait harmoniser la vie et il en fait un système intelligible : avec ses bonnets de nuit et les pans de sa robe de chambre, il bouche les trous de l'édifice du monde. »

Ces accents stridents, ces états nerveux qu'elle appréciait si fort chez Heine et qui sont proprement des accès méphistophéliques, lui étaient familiers. Ils naissent d'une sorte de désespoir, où l'humilité et l'orgueil se combattent ; d'une nature hautaine qui raille les conditions mêmes de l'humanité. Aspirer si haut et se trouver si bas ! Un jour, à Miramar, contemplant le pavillon où sa parente l'impératrice Charlotte, femme de Maximilien, enferma sa folie à son retour du Mexique, elle murmure, après une longue rêverie : « Un abîme de trente ans pleins d'horreur! Et avec cela on dit qu'elle engraisse! »

Des railleries de cette qualité et dans un pareil moment offensent la piété des gens simples. Mais ne semble-t-il pas au lecteur que des états analogues existent chez le philosophe? Epris des plus beaux cas de noblesse, il vit dans le siècle, il en voit la duperie et il devient dur. Il est amené à tirer de la vie des moralités cruelles, parce qu'il regarde d'un point où montent bien peu de personnes.

— La plupart des hommes, disait l'impératrice, ne veulent pas que les bandeaux soient dénoués de leurs yeux; ils croient ainsi se mettre à l'abri du péril... Ils sont malheureux parce qu'ils se trouvent en perpétuel conflit avec la nécessité. Quand on ne peut être heureux à sa guise, il ne reste qu'à aimer sa souffrance. Cela seul donne le repos, et le repos, c'est la beauté de ce monde.

Voilà une philosophie dont l'esprit animait Leconte de Lisle et que ce grand poète de l'Illusion, de la Mort et du Renoncement exprima par magnifiques fragments, mais il ne sut point les lier dans une formule aussi claire.

Isolée dans cette conscience douloureuse, l'impératrice Elisabeth s'appliquait à ne se laisser posséder ni par les choses, ni par les êtres. « Quand je me meus parmi les gens, je n'emploie pour eux que la partie de moi-même qui m'est commune avec eux. Ils s'étonnent de notre ressemblance. Mais c'est un vieux vêtement que, de temps en temps, je tire de l'armoire pour le porter quelques heures. »

On sait qu'elle interposait constamment son éventail, son ombrelle, entre son visage et les regards. Ceux-ci paraissaient vraiment la faire souffrir. Ils la privaient d'elle-même. « Nous devons songer autant que possible à sauver au moins quelques instants, pendant lesquels, chacun à notre manière, nous puissions pénétrer dans notre propre vie. Eh bien, quand je me trouve toute seule dans un site solitaire, dont je sais qu'il fut peu fréquenté, je sens que mes rapports avec les choses diffèrent absolument de ce qu'ils sont si des humains m'entourent. A cette différence seulement, je me reconnais moi-même. »

Un autre jour elle disait : « Nous n'avons pas le temps d'aller jusqu'à nous, tout occupés que nous sommes à des choses étrangères. Nous n'avons pas le temps de regarder le ciel qui attend nos regards. »

Elle trouvait enfin cette magnifique image, lourde et sombre et qui fait miroir à nos plus secrètes pensées : « J'ai vu une fois à Tälz une paysanne en train de distribuer la soupe aux valets. Elle n'arriva pas à remplir sa propre assiette. »

L'émotion éveillée en nous par la femme qui put, au hasard d'une promenade, laisser s'évader de son âme une pensée d'un tel raccourci, nous permet de vérifier sa théorie du tragique. « Je crois, disait-elle, que les conflits tragiques agissent parce qu'ils nous mettent dans un état où nous croyons nous approcher de quelque chose d'indéfini et que nous attendons toujours dans notre vie... Ce n'est point par le tragique du théâtre que nous sommes pris, mais par des vues plus profondes qui ont été éveillées dans notre cœur. »

Je me rappelle que la veuve de Napoléon III, l'impératrice Eugénie, sollicitée d'accorder une audience, déclarait un jour à son entourage : « Oui, je sais, on vient me voir comme un cinquième acte. » Il n'est guère d'hommes assez sages pour se refuser d'*éveiller leur cœur*, pour se détourner des figures tragiques. On veut élargir sa vie. En essayant de nous rendre intelligibles jusque dans leurs racines les pensées de l'impératrice Elisabeth, nous nous enrichissons certainement d'une très belle, très rare et très dramatique interprétation de la vie.

IV

QUE NE FAISAIT-ELLE L'IMPÉRATRICE !

> Sérieusement, mon cher, peux-tu
> vivre de la vie politique ou de ce
> qu'on appelle la vie réelle ? Peux-tu
> aimer de toute ton âme autre chose
> que les choses parfaites que décou-
> vrent la science et la réflexion inté-
> rieure ? (*Lettre de jeunesse* de Taine.)

Quelle détresse sous les pierreries de ce
diadème ! Le lecteur fasciné s'arrête devant
cette âme de désirs qui ne sait où se porter.
N'eût-il pas mieux valu qu'elle maîtrisât
ces beaux frémissements et qu'au lieu d'en-
tretenir sa solitude et ses tristesses, elle
s'appliquât aux devoirs d'une souveraine,
puisqu'aussi bien ils lui proposaient une
discipline de vie ?

Un jour, tandis qu'on coiffe l'impératrice

et que Christomanos donne sa leçon de grec,
l'empereur entre. La coiffeuse s'abîme sur le
tapis comme dans une trappe et s'éloigne.
L'empereur invite l'étudiant à rester et cause
avec l'impératrice en hongrois. « L'impératrice avait sur les traits une expression d'intense attention ; ses yeux regardaient devant
elle, comme s'ils voulaient saisir de façon
aiguë et pénétrante un infiniment petit objet ;
elle répondait à l'empereur et l'interrompait
assez souvent. Parfois, elle haussait les
épaules et esquissait une petite grimace, ce
qui faisait rire l'empereur. » François-Joseph
sortit, la coiffeuse rentra et l'impératrice dit
en grec à Christomanos :

— Je viens de faire de la politique avec
l'empereur. Je voudrais pouvoir être utile,
mais peut-être suis-je plus avancée en grec.
Et puis, j'ai trop peu de respect pour la politique ; je ne la juge pas digne d'intérêt. Et
vous, vous y prenez intérêt ?

— Pas trop, Majesté ; je la suis seulement
dans ses grandes phases, quand des ministres
tombent.

— Ils ne sont là que pour tomber, puis d'autres viennent, dit-elle avec une nuance curieuse, une sorte de rire intérieur dans la voix.

— Pour moi, Majesté, je m'intéresse davantage à la vie publique en France.

— Elle est assurément plus amusante. Les gens là-bas savent mieux jouer la comédie et avec plus d'esprit.

Au bout d'un instant elle ajouta :

— Les politiciens croient conduire les événements et sont toujours surpris par eux. Chaque ministère porte en soi sa chute et cela dès le premier instant. La diplomatie n'est là que pour attraper quelque butin du voisin. Mais tout ce qui arrive arrive de soi-même, par nécessité intérieure, par maturité. Les diplomates ne font que constater les faits.

Il faut avouer que ce déterminisme médiocre fait un indigne prétexte d'abstention. N'y cherchez que l'argument d'une Wittelsbach commandée par un impérieux besoin de solitude, par l'amour de la fuite.

Les frères de l'impératrice, le duc Louis et le duc Charles-Théodore, ont renoncé aux prérogatives de leur rang, le premier pour retrouver la liberté de son cœur, l'autre pour se rendre utile et donner ses soins aux malades. Elle-même, née romanesque, avait été fort mal élevée. C'est ce que Mme Arvède Barine a démêlé avec une admirable acuité féminine :

« Son père, Maximilien-Joseph des Deux-Ponts-Birkenfeld, duc en Bavière, était un parent pauvre de la famille impériale d'Autriche. Chargé d'enfants, absorbé par le souci d'établir les aînés, il travaillait laborieusement avec sa femme, la duchesse Ludovica, à trouver deux maris pour leurs grandes filles. On comptait s'occuper de la petite Elisabeth plus tard, quand les grandes seraient casées. Elisabeth se trouvait très bien de son rôle de Cendrillon (c'était elle-même qui s'était baptisée ainsi). Elle profitait de ce que personne ne la surveillait pour courir le pays et se lier avec tous les paysans des environs. Ce fut l'origine de ses malheurs. L'enfant grandit

en dehors de l'idée monarchique, dans l'ignorance des sacrifices qu'elle exige de ses victimes, les têtes couronnées. Les chaumières
où elle s'abritait familièrement pendant
l'averse, où elle venait demander un verre
de lait, lui enseignaient une autre leçon, bien
dangereuse pour une future impératrice. Elle
y apprenait à connaître les joies simples des
humbles, leur absence de contrainte, et s'ac-
coutumait à l'idée folle qu'elle pourrait y prétendre. Ce n'était pas sa faute ; personne ne
lui avait expliqué ce que c'est qu'une princesse. Ses parents croyaient avoir du temps
devant eux ; Elisabeth portait encore des
robes courtes et ne dînait pas à la grande
table ; on pouvait passer des semaines entières
chez eux, à leur château de Possenhoffen,
sans apercevoir leur Cendrillon. Celle-ci avait
seize ans lorsqu'il survint un grand événement dans sa famille. Le digne couple de
Possenhoffen avait été récompensé de ses
peines ; la fille aînée venait d'être demandée
en mariage par l'empereur d'Autriche. On
attendait le jeune monarque au château pour

célébrer les fiançailles. C'était à la fin de
l'hiver de 1854, aux premières feuilles. François-Joseph arriva. Il avait vingt-quatre ans.
Presque au débarqué, l'idée lui prit d'aller se
promener tout seul dans les bois. Cette fantaisie a peut-être changé l'avenir de l'Autriche, et d'une partie de l'Europe avec lui.
L'empereur vit venir à lui, sous les grands
arbres, une petite fée vêtue de blanc, d'une
beauté merveilleuse. Ses yeux bleus étaient
pleins de lumière, sa chevelure flottante lui
tombait jusqu'aux genoux. Deux grands chiens
blancs gambadaient à ses côtés. Tandis que
le jeune prince contemplait cette apparition,
la fée s'approcha et lui jeta sans façon les
deux bras autour du cou. C'était sa cousine
Elisabeth, qu'on ne lui avait jamais montrée et
qui avait reconnu son futur beau-frère d'après
ses portraits. Le soir même, l'empereur d'Autriche déclarait à Maximilien-Joseph des
Deux-Ponts-Birkenfeld, duc en Bavière, qu'il
avait changé ses projets et qu'il n'épousait plus
sa fille aînée, mais la petite Elisabeth. » (Arvède Barine, *Les Débats*, 8 novembre 1899.)

Le mariage eut lieu le 24 avril 1854. Le
plus facile était fait pour une créature aussi
séduisante. Restait d'apprendre et d'accepter
le milieu et les charges d'une souveraine. Ce
fut où échoua cette impératrice de seize ans
qui trouva assommant le cérémonial minutieux
et compliqué de la cour de Vienne, qui eut
l'imprudence de le laisser voir et qui, c'est
pis encore, rêvait d'idylle sur le trône, de
bonheur tranquille et de fidélité bourgeoise.

C'est par la qualité particulière de sa sensibilité qu'Elisabeth de Bavière a échoué
comme impératrice. Pourtant il lui arriva de
trahir des pensées politiques singulièrement
puissantes, vraiment issues de cette source
jaillissante qui la fournissait, sans disconti-
nuer, de passion et de sérieux.

— Le bonheur que les hommes demandent
à la vérité est soumis, disait-elle, à des lois
tragiques. Nous vivons au bord d'un abîme
de misère et de douleur. C'est l'abîme entre
notre état d'aujourd'hui et cet autre dans
lequel nous devrions nous trouver. Dès que

nous voulons le franchir, nous nous y préci-
pitons et nous y fracassons. Quand ce gouffre
sera une fois rempli de souffrance humaine
et de cadavres de bonheur, alors on le traver-
sera sans danger.

Peut-on pressentir avec plus de magnificence poétique cette loi que les nationalistes
français ont de leur côté dégagée : tout dé-
paysement, tout déclassement, tout déracine-
ment comporte les plus grandes chances de
désastre. Le pourcentage des pertes est consi-
dérable. Mais cette rançon payée, l'individu
qui est sorti de sa tradition pour aller à ce
qu'il jugeait la vérité peut se raciner derechef
et une société refleurir.

V

L'ACHILLEION.

C'était un conte de fées réalisé... Un rêve de poète exécuté par un millionnaire poétique, chose aussi rare qu'un poète millionnaire, s'épanouissait comme une fleur merveilleuse des contes arabes.
(*Fortunio*, Théophile Gautier.)

Où donc eussent été satisfaits les désirs intimes de cette impératrice méprisante et rassasiée ?

Ses déplacements n'avaient point la belle et raisonnable régularité des migrations d'un oiseau voyageur ; c'était plutôt le tournoiement d'un esprit perdu qui bat les airs, qui ne se trouve plus de gîte et qu'aucune discipline ne règle. « Elle s'était organisé un peu partout des résidences fastueuses ou originales. On la voyait errer perpétuellement des somp-

tueux châteaux historiques des Habsbourg
aux maisons inventées par sa fantaisie éphémère. De Schœnbrunn, le Versailles autrichien, au pavillon de chasse de Lainz, élevé
par elle dans une profonde solitude forestière
et qu'elle avait baptisé le *Repos de la forêt*,
elle allait à Miramar, sur les bords de l'Adriatique, dans ce palais de marbre si tristement
fameux par le souvenir de l'empereur Maximilien ; à Godollo, dont elle avait fait un petit
Trianon ; au chalet d'Ischl ; à la villa renais-
sance de Wiesbaden ; au château de Sassetot-
le-Mauconduit dans le pays de Caux, près des
Petites-Dalles (17) ; au cap Martin, où elle ren-
contrait l'impératrice Eugénie ; à Strephill
Castle, en Irlande ; dans l'Achilleion de Corfou. La Hongrie, la Hollande, la Suisse, l'E-
cosse, les roseaux du Nil, comme les bruyères
de Man, la voyaient passer. Elle aimait à se
promener, à se perdre dans Paris. Son yacht,
le *Miramar*, un trois-mâts de dix huit cents
tonneaux et de quatre cent cinquante chevaux, la menait de rive en rive. — Croirait-on
que, la dernière année de sa vie, c'est-à-dire

de janvier à avril 1898, on l'aperçut à Biar-
ritz, à Paris, à San Remo, à Kissingen, à
Dresde, au château de Lainz, aux bains de
Mannheim dans la Hesse, enfin sur le quai de
Genève ? » (Ernest Tissot.) Sur tous ces chemins, où peut-être elle regrettait le toit de son
enfance et la vie paisible de Possenhoffen, elle
n'oubliait pas l'antique maison où son mariage l'avait introduite. On l'a vue rêver sous
les chênes qui entourent nos vénérables ruines
de Vaudémont. Elle y trouvait les mânes des
Habsbourg-Lorraine (18).

C'était une branche d'un grand arbre, mais
une branche cassée. Des malentendus d'abord,
puis des catastrophes l'avaient détachée de sa
tradition propre. Les ancêtres dont elle était
la suite morale, le prolongement, ne pouvaient plus lui parler utilement. Leurs conceptions fondamentales ne savaient plus chanter
en sa conscience. Elle ne se connaissait plus
que comme un individu.

On aurait dû dire et redire à la petite Cendrillon de Possenhoffen qu' « on n'est pas
impératrice pour s'amuser, ni pour filer le

parfait amour et qu'il y a après tout des com-
pensations à ce qui manque à la femme dans
la puissance pour le bien qui revient à la
souveraine ». Ce joli thème d'éducation est
de Mme Arvède Barine. Dès les premiers
temps de son mariage, la jeune souveraine
s'évada sur son yacht à travers la Méditer-
ranée, de peur d'être obligée d'entendre une
parole de raison de son mari, coupable, si l'on
veut, mais surtout étonné, qui se lançait à sa
poursuite. La duchesse Ludovica écrivit à sa
fille ainsi fugitive : « Vous avez agi comme si
c'était vous qui fussiez coupable, et non votre
mari... Plus nous sommes haut sur l'échelle
sociale, moins nous avons le droit de venger
nos offenses privées ou de nous libérer d'obli-
gations pénibles. Rappelez-vous le bon vieux
dicton : *Noblesse oblige*. Vous êtes partie
intégrante de l'honneur d'une grande nation ;
vous manquez à vos devoirs et aux traditions
de vos aïeux en agissant ainsi pour une
offense personnelle et sous l'entraînement de
la passion. »

Un autre jour, la voyant se ronger sans

trève sur ceci et sur cela, cette mère infiniment sage lui disait : « Mon enfant, il y a
deux espèces de femmes dans ce monde :
celles qui en viennent toujours à leurs fins, et
celles qui n'y arrivent jamais. Vous m'avez
l'air d'appartenir à la seconde catégorie. Vous
êtes très intelligente, vous savez réfléchir et
vous ne manquez pas de caractère ; mais
vous manquez de souplesse ; vous ne savez
pas vous mettre au niveau des gens avec
lesquels il vous faut vivre, ni vous plier aux
exigences de la vie moderne. Vous êtes d'un
autre âge, du temps où il existait des saints et
des martyrs. Ne vous faites pas remarquer en
ayant trop l'air d'une sainte, et ne vous brisez
pas le cœur en vous imaginant que vous êtes
une martyre. »

On voudrait surprendre quelque point où
cette fugitive, cette femme « d'un autre âge »
et qui, pour prendre l'expression mystique,
n'était point du siècle, — contentât son rêve
intérieur.

Il n'est personne qui n'ait visité, ou du

moins qui ne connaisse sur des récits enthou-
siastes, le palais de Corfou, le blanc palais
d'Achille, l' « Achilleion » construit par l'impératrice dans la baie de Benizze. M. Christomanos y accompagna la souveraine. Quelle
bonne fortune de les suivre et de connaître
ce qui touchait Elisabeth de Bavière dans son
« Eldorado » !

...Le canot impérial aborda. L'impératrice
descendit sur le môle de marbre blanc où se
dresse un dauphin de pierre. Elle l'avait
montré du vaisseau à Christomanos en di-
sant :

— Voyez là-bas, c'est mon philosophe riant
qui me recevra le premier.

La plage de Benizze, blanche de galets,
développait sa douce courbe et, dans son
creux, tenait le village entre les orangers et
les cyprès. L'impératrice, toujours en noir,
abritée par son ombrelle blanche, franchit la
porte de fer dentelé que surmonte l'inscription
Achilleion en caractères grecs. Sous l'allée de
citronniers en fleurs qui monte doucement

vers le château le jeune poète enivré par ce
prodigieux printemps murmura :

— Votre Majesté voit-elle comme ces arbres
se sont parés pour lui faire fête?

— Ils ont endossé leurs robes de mariage,
répondit-elle en souriant.

— Et ce parfum!

— Le parfum aussi s'en ira, et les citrons,
après, sont fort aigres.

L'ensemble de la propriété est défendu par
un mur de clôture très blanc et très haut, et
par un épais voile de feuilles d'olivier.

— Les Anglais sont désespérés, dit l'impératrice; ils se postent pendant des heures sur
la colline d'en face sans arriver à rien voir.

Le palais est bâti dans la montagne même.
Sa façade, tournée vers la grand'route qui de
Corfou par Gasturi descend à Benizze et au
rivage, présente trois étages. Le premier fait
un portique en saillie, il soutient sur d'énor-
mes colonnes une large véranda, et comme
le second et le troisième étage sont bâtis en
retrait, il y a place pour deux loggias à droite
et à gauche de cette véranda centrale, dite

« des centaures ». Les élégantes colonnes jumelles des loggias soutiennent elles-mêmes, au troisième étage, des balcons.

L'autre façade, tournée vers l'intérieur de l'île, se compose d'un seul étage qui donne sur une terrasse plantée d'arbres séculaires. Sa longue véranda prend vue sur Gasturi et sur Aji-Deka. Un Hermès ailé semble prêt à s'envoler de l'extrême bord de la balustrade par-dessus le bois d'oliviers.

Pour apprécier cette construction, il faut la mettre dans cette splendeur du paysage, de la chaleur, de la lumière, des parfums, des nerfs hyperesthésiés et des grands souvenirs homériques. Mais, dans un tel pays, l'inépuisable source des plaisirs, ce sont les jardins. Un escalier orné de Vénus, d'Artémis et de beaux adolescents, conduit des parterres du bas aux terrasses plantées du haut. Un péristyle, tout en marbre, borde l'édifice qui s'ouvre sur la terrasse. La longue suite des colonnes en rectangle qui portent le toit sont teintes à leur partie inférieure de cinabre ; leurs chapiteaux sont richement dorés et peints en bleu et

rouge; leurs corps blancs se détachent mer-
veilleusement sur le mur pompéien du fond
où de grandes fresques évoquent tout l'Hellénisme fabuleux. Du côté de la mer, à l'extrémité nord du péristyle, on voit une figure
éblouissante de blancheur : c'est la Péri, la fée
de la lumière, qui, sur une aile de cygne,
glisse au-dessus de l'onde et sur son sein
presse l'enfant endormi. Devant chaque co-
lonne du péristyle se tiennent des muses, de
grandeur naturelle, et à leur tête, Apollon
Musagète.

— La plupart sont des antiques, dit l'impératrice, je les ai fait acheter à Rome. Elles
appartenaient au prince Borghèse, mais il a
fait banqueroute et, alors, il a dû aliéner ses
dieux. N'est-ce pas que c'est affreux qu'aujourd'hui les dieux même soient les esclaves
de l'argent?

Tout près d'Apollon, dans ce cercle des
Piérides, l'impératrice désigne une statue de
Canova, la *Troisième danseuse*, dont on dit,
comme de la *Venus victrix*, qu'elle représente
Pauline Borghèse.

— J'ai amené aux Muses une nouvelle compagne ; j'espère qu'elles l'auront bien accueillie. Apollon, tout au moins, la regarde fort tendrement.

Une seule marche descend du péristyle à la terrasse jardin.

— « Le jardin des Muses », dit l'impératrice à Christomanos. Ici, sans nul doute, des poèmes en foule vous viendront à l'esprit.

Parmi les cyprès, vieux de plusieurs siècles, raides et vraiment hiératiques, et parmi les magnolias, épanouis en fleurs géantes, l'impératrice montrait des oliviers sauvages :

— Je les ai laissés là exprès, parce que sur l'Acropole il y avait aussi des oliviers consacrés à Pallas Athènè. Ici ils remplissent une haute mission : ils sont chargés de retenir à leurs sommets tous les rayons de soleil qui glissent le long des cyprès.

Nous ne pouvons suivre M. Christomanos dans son inventaire de cette architecture et de cette flore des jardins. La description la plus précise suggère peu de choses à qui ne peut la doubler de ses souvenirs. Après des par-

terres de roses et d'hyacinthes, à une extrémité du jardin d'où la montagne glisse à la
mer, sous des vagues de feuillage, on atteint
un banc de marbre hémi-circulaire, comme
on en voit à Athènes au théâtre de Dionysos
et tel qu'Alma Tadema les peint. Des
taillis de lauriers l'entourent. C'est assise là
que l'impératrice habillée de deuil contemple
la mer qui s'élève très haut à l'horizon, la mer
antique, passionnée, effrayante de mystère.
Plus haut encore, les montagnes violettes de
l'Albanie se fondent dans la buée du soleil.

Il y a trois de ces terrasses jardins. « Mes
jardins suspendus », dit l'impératrice. La troisième se nomme la « terrasse d'Achille »,
parce que ses nombreuses allées couvertes de
plantes grimpantes rayonnent autour de la
statue d'*Achille mourant.*

Si nous prenions la liberté — mais il faut laisser quelque mystère — de parcourir l'intérieur
du palais, nous verrions dans le grand escalier une colossale peinture décorative, le
Triomphe d'Achille, Achille traînant autour
des murs de Troie le cadavre d'Hector.

— J'ai consacré mon palais à Achille, dit l'impératrice, parce qu'il personnifie pour moi l'âme grecque, la beauté de la Terre et des hommes. Je l'aime encore parce qu'il était si rapide à la course. Il était fort et altier et il a méprisé tous les rois et toutes les traditions, et compté les foules humaines pour rien, bonnes seulement à être fauchées par la mort comme des épis. Il n'a tenu pour sacré que sa propre volonté, il n'a vécu que pour ses rêves, et sa tristesse lui était plus précieuse que la vie entière.

Des indications de cette puissance relèvent soudain le sens de ce palais où notre imagination peut-être insuffisante serait tentée de se dégoûter sur des réalisations artistiques médiocres. Dans ses fameux châteaux de Bavière, Louis II, par la faute des peintres, des sculpteurs et des tapissiers qu'il chargea d'exécuter ses rêves, subit et nous inflige un pareil échec. C'est qu'il n'est pas donné à des individus de grouper pour leurs caprices magnifiques, mais singuliers, cet ensemble d'ouvriers que la France disciplinée par plusieurs siècles mit à la disposition des volontés vraiment nationales de Louis XIV dans Versailles.

Nous ne faisons pas cette distinction entre l'individuel et le collectif pour diminuer la qualité d'Elisabeth de Bavière, car nous la considérons elle-même comme un fruit historique et comme le type expressif de cette étrange et grande famille des Wittelsbach. Et d'ailleurs l'individuel devient la plus précieuse valeur sociale (encore que je ne méconnaisse point ses dangers), quand il se hausse jusqu'à tenir, dans quelque ordre que ce soit, l'emploi de héros.

L'impératrice vécut vraiment dans une obsession héroïque. Elle disait un jour : « Les feuilles sont quelque chose d'accessoire, des désirs morts, oubliés et inaccomplis, tandis que les fruits sont le but direct de la création. Homère a raison, quand il compare les hommes qui combattent autour des héros aux feuilles de la forêt. Ils ne sont là que pour végéter à côté des sublimes. » Mais elle n'était point la dupe de son imagination. Et voici

14

son dernier mot sur ses « Eldorados », sur ses
rêves impuissants de vie héroïque :

— Lors de mon premier séjour à Corfou, je
visitai souvent la villa de Baila. Délicieuse et
tout abandonnée au milieu de ses grands
arbres, elle m'attirait tellement que j'ai fait
d'elle l'*Achilleion*. Hélas ! j'y ai détruit l'antique mélancolie. Maintenant, à vrai dire, je
regrette mon intervention : nos rêves sont
toujours plus beaux quand nous ne les réali-
sons pas... C'est aussi à cause du voisinage de
l'Aja Kyriaki que j'ai si fort désiré d'habiter
ici. Je veux que l'on m'ensevelisse là-haut. Il
n'y aura que les étoiles au-dessus, et les
cyprès me donneront assez de soupirs, plus
que ne sauraient faire les hommes. Je trou-
verai une plus sûre éternité dans ces lamen-
tations des cyprès que dans la mémoire de mes
sujets. Chez les cyprès, l'état de tristesse et
les plaintes sont une fonction vitale, comme
chez les hommes les méchants propos et les
calomnies.

Quand elle eut fini de montrer son palais à
M. Christomanos, elle dit :

— Nous passerons aussi peu que possible notre temps à la maison. Il ne faut consumer les précieuses heures de la vie entre les murs qu'autant qu'il est indispensable. Quant à nos logis, ils doivent être tels qu'ils ne puissent jamais détruire les illusions que, chaque fois, du dehors, nous y rapportons.

Voilà qui nous donne la mesure précise de l'importance qu'une Elisabeth de Bavière ou encore qu'un Louis II donnent à leurs châteaux, véritables rêves pétrifiés, sur lesquels des littérateurs en voyage ont publié bien des pages qui sentent le badaud. « Nos logis doivent être tels qu'ils ne puissent détruire les illusions que nous y apportons du dehors! » Je prendrais cette phrase pour épigraphe, si j'avais à récrire certain voyage que je fis autrefois à Neu-Schwanstein, à Linderhof, à Chiemsee, isolés aux forêts ou que baigne une eau morte. Mon récit se terminait sur ces mots que je vérifie dans l'*Achilleion* : « A qui n'a pas l'état d'âme de Louis II, que servirait de vivre aux châteaux de Bavière ? »

VI

SENTIMENTALISME MATÉRIALISTE

> Je confesse que l'amour infini que
> je porte au fond du cœur se trouve
> toujours empêché dans son essor
> lorsqu'il s'adresse aux réalisations
> finies de l'essence parfaite. Je ne
> sais quelle malheureuse clairvoyance
> me montre que tous les êtres man
> quent de ceci ou de cela et qu'ainsi il.
> ne peuvent pas donner prise à l'amours
> Je dis la même chose de moi-même et
> je sens que je ne mérite pas non plus
> d'être complètement aimé.
> *(Lettre de jeunesse* de Taine.)

Dans tous ses châteaux, l'impératrice avait fait peindre Titania caressant la tête d'âne. « C'est la tête d'âne de nos illusions que nous caressons sans cesse », disait-elle.

Cette princesse singulièrement née jugea t-elle toutes choses, comme fait Hamlet, d'après la vie de cour ? Une existence infiniment luxueuse, une humanité infiniment fourbe, développent chez le plus délicat des êtres d'effroyables tristesses, des satiétés et des aspirations heureusement inconnues à la foule laborieuse.

M. Christomanos, qui a pris Schopenhauer pour sujet de sa thèse de doctorat à Innsbruck, interprète l'impératrice à l'allemande. « Plus je reste auprès d'elle, dit-il, plus se fait forte en moi la pensée que son existence vacille entre deux mondes. Quand nous errons pendant des heures sur la grève homérique, tandis qu'elle glisse, le long du clair rivage de la vie, pareille à une ombre qui a pris corps, tandis que les vagues éternelles nous assaillent de leurs clameurs, j'ai le sentiment qu'elle incarne quelque chose qui gît entre la mort et la vie. Elle-même, dans la solennelle allocution que la mer tient au sable, ne distingue jamais rien que ceci : des forces et des puissances, plus impérissables que celles que nous connaissons sur cette île de la vie, nous revendiquent pour elles. — Presque à chaque fois que nous allons à la mer, l'impératrice me dit : La mer veut me posséder toujours, elle sait que je lui appartiens. — L'atmosphère où vit l'impératrice est autre que celle où nous respirons. De notre point de vue, sa vie est vraiment un non-vivre; l'on pourrait dire qu'elle se trouve, en tant même que créature vivante, dans un état qui exclut la vie. »

On trouve dans le « journal » du jeune lecteur quelques notes qui nous permettent de comprendre à la française la vraie nature morale de sa souveraine.

.... Elle semblait s'adoucir en se reportant à son enfance. Un jour sur l'Aja Kyriaki, l'un des sommets de Corfou, elle dit :

— C'est ici seulement que je me plais tout à fait. Ici je pourrais même renier mon principe (de perpétuelle errante), et rester attachée pour toujours à cette motte de terre... La mer aujourd'hui est comme un lac... Je me sens si bien ici chez moi que je ne puis m'empêcher de penser au lac de Starnberg et à Possenhoffen.

.... Dans l'une de ses longues promenades

de Corfou, elle surprit, sous un bois d'oliviers,
des jeunes filles qui dansaient. Les mains dans
les mains et l'une derrière l'autre, elles ser-
pentaient lentement ; une belle enfant aux
cheveux noirs les guidait, qui tenait à toute la
chaîne par un mouchoir de soie rouge. La
conductrice chantait, puis toutes les autres
reprenaient chaque strophe :

> J'ai perdu un mouchoir rouge,
> Je le portais sur mon sein —
> J'ai perdu un mouchoir rouge...
> (Ah! que j'ai froid au cœur!)...
>
> Je l'ai cherché sous le pommier
> Où longuement tu m'embrassas —
> Je l'ai cherché sous le pommier...
> (Ah! vraiment n'était-ce qu'un rêve?)
>
> Je m'élance vers la triste mer,
> Où j'ai tant et tant pleuré —
> Je m'élance vers la triste mer...
> (Ah! pourquoi donc ai-je si mal?)...
>
> Tu peux garder le mouchoir rouge,
> Mais rends-moi mon pauvre cœur.

L'impératrice contempla ce spectacle avec
ravissement, puis elle dit :

— Nous dansions de la même façon, mes

sœurs et moi, à Possenhoffen, bien que nous
ne fussions pas des grecques.

.... Une fois, M. Christomanos lui lisait *Peer
Gynt*. Ils arrivèrent au couplet de Solweig :

> Maintenant tout est prêt pour la Pentecôte,
>   Cher garçon, toujours loin,
>   Quand viendras-tu?...
>   — Je veux attendre, attendre,
>   Si long que ce soit encore.

— Pourquoi l'attendre? dit l'impératrice.
Peut-être n'était-il pas celui qu'elle devait
aimer et pour qui elle était née. On se trompe
si souvent dans ses jeunes années. Et l'on
veut faire soi-même sa destinée !... Il se peut
bien que le véritable élu l'attendait, lui aussi.

Il y a quelque chose encore à noter dans le
soin qu'elle mettait à prémunir son jeune lecteur contre les intrigues de la cour : « Ces
gens-là, disait-elle, se nourrissent tous les
jours de faisans et de perdrix, mais une heure
sans cancans les ferait mourir. » Elle ajoutait :
« Ah ! oui, certainement, on est très dévoué

à l'impératrice. Mais chaque salut a son but,
chaque sourire veut être payé... Peut-être
même je dois remercier Dieu d'être impératrice, autrement cela tournerait mal pour
moi. »

Et montrant une petite chambre dont les
murs étaient littéralement couverts de portraits de chevaux, elle les commentait ainsi :

— Tous ces amis, je les ai perdus et je ne
gagnai pas un seul à leur place. Beaucoup de
ces chevaux sont allés à la mort pour moi, ce
que nul homme n'eût jamais fait; ils voudraient plutôt m'assassiner...

... Cette prévision déjà peut faire frissonner
le lecteur, mais voici la plus significative
anecdote.

Une après-midi, à Corfou, l'impératrice et
Christomanos passèrent devant une hutte, un
peu à l'écart d'une ferme, au milieu de grands
arbres noirs. Une faible lueur passait par la
porte ouverte. Soudain, un cri, un seul cri strident et prolongé trancha l'air. Puis il jaillit
de nouveau et avec lui tout un chœur de

sons gémissants. C'était une lamentation de plusieurs femmes qui venait de la hutte éclairée. Il y eut une pause, puis la complainte reprit plus puissante, pour se rompre encore une fois. Et au-dessus de ce flot sauvage, fait de quelques notes, qui montait et baissait comme la mer, de temps à autre s'élevait une voix unique à qui rien ne pouvait se comparer, qui surpassait toute terreur en épouvante et toute épée en tranchant.

— Qu'est-ce donc? demanda l'impératrice, avec effroi.

Et d'une voix que M. Christomanos ne lui connaissait pas, elle commanda :

— Allez, voyez ce qui est arrivé.

Il vit sur un sol de terre battue plusieurs femmes accroupies en cercle. Quelque chose de blanc gisait étendu sur un lit. Une vieille femme, ses cheveux gris en désordre, était affaissée au milieu du cercle des autres femmes. Il revint à l'impératrice.

— Quelqu'un est mort! c'est la plainte mortuaire des Grecs.

Elle demanda qui était mort. Il répondit

qu'il avait cru voir une vieille femme gisante sur le lit.

— Voilà que vous vous trompez, dit-elle d'une voix basse. Ce doit être un enfant de cette femme qui crie plus horriblement que toutes les autres. Peut-être son fils. Allez vous informer encore une fois.

Mais elle le rappela aussitôt.

— Non, ce n'est pas la peine ; je sais que c'est son fils.

Ils continuèrent leur chemin. Après quelques instants de silence, tout à coup elle dit :

— Pour cette femme, plus rien, plus rien que cela, plus de place en elle pour autre chose que ce soit. Maintenant, elle épuise toute son âme d'autrefois.

Après ces mots incomparables, elle se tut pour toute la soirée.

Ces pauvres anecdotes — pauvres, mais suffisantes pour jeter de larges clartés — permettent, me semble-t-il, de saisir les fils qui relient cette personne d'exception à l'ordinaire de l'humanité. Nous avons quelques

mots de son cœur, la clef de sa première
nature.

C'est une banalité de rappeler le goût qu'elle
affichait pour Heine. Il aide pourtant à la
comprendre comme une désabusée.

M. Christomanos lui demandant un jour quel
poème de Heine elle préférait, elle répondit :

— Je les adore tous, car tous ne sont qu'un
seul poème : un et le même. L'incrédulité de
Heine quant à sa propre sentimentalité et à
son propre enthousiasme est ma croyance
aussi. Les journalistes me font un grand mérite d'être son admiratrice; ils sont fiers que
j'aime leur Heine, mais j'aime en lui son infini
mépris de sa propre humanité et la tristesse
dont les choses de cette terre l'emplissaient.

Si séduisant que soit d'orgueil poétique, de
volupté et de solitude, un tel état d'esprit,
avouons pourtant ce qu'on voit, quand on en fait
le tour. Un jour, à Madère (19), un vieillard
offrit à l'impératrice un bouquet de camélias
rouges; elle lui donna une pièce d'argent.
Plus loin, sur la route, une jeune et belle fille,
aux bras ronds et brunis, aux lèvres de fleurs

de grenade, aux yeux de diamant, lui tendit un
second bouquet de camélias rouges ; elle lui
donna une pièce d'or. Comme Christomanos
demandait pourquoi de l'argent au vieillard
et de l'or à la jeune fille, l'impératrice
répondit :

— C'est qu'elle est belle !...

Qu'il me soit permis de placer sous cette
histoire de qualité lyrique quelques réflexions
chagrines, et de signaler le revers de la mé-
daille que nous présentons dans son beau jour.
« La spécialisation excessive d'une faculté
« aboutit au néant. Je comprends la fureur
« des iconoclastes et des musulmans contre
« les images. J'admets tous les remords de
« saint Augustin sur le trop grand plaisir des
« yeux. La folie de l'art est égale à l'abus de
« l'esprit. Une de ces deux suprématies en-
« gendre la sottise, la dureté du cœur et une
« immensité d'orgueil et d'égoïsme. Je me
« rappelle avoir entendu dire à un artiste :
« Ne donnez pas à ce pauvre-là, il est mal
« drapé ; ses guenilles ne lui vont pas bien. »

D'où viennent ces lignes qui s'appliquent

fortement à Elisabeth de Bavière? Je les ex-
trais d'une étude sur l'*Ecole païenne* où Henri
Heine est pris vivement à partie pour sa « littérature pourrie *de sentimentalisme matérialiste* ». (Janvier 1851.) D'ailleurs, il paraîtra
curieux à certains lecteurs mal informés que
cette étude soit de Baudelaire. On veut voir
dans celui-ci le chef d'une école satanique,
quand il est souvent un voisin de Veuillot.

Au moment de l'assassinat, Drumont publia
un magnifique article, intitulé *le Douzième
Arbre*, à la fois brutal et religieux, qui complète et fortifie la thèse de Baudelaire :
« ... L'impératrice emportait toujours en
voyage les œuvres de Heine, son auteur de
prédilection. Avant d'aller à Preigny présenter
ses hommages à la baronne de Rothschild
(c'est en cours de route qu'elle fut assassinée),
cette descendante des Wittelsbach, devenue la
femme d'un Habsbourg, aura peut-être relu,
en écoutant le clapotement des eaux du lac,
cette pièce atroce (sur Marie-Antoinette de
Habsbourg-Lorraine) où le poète s'égaye sur
ces gorges de patriciennes dans lesquelles la

hache du bourreau a fait une large entaille.
Elle se sera divertie, peut-être, de cette reine
qu'on ne peut plus friser, parce qu'elle n'a plus
de tête, et de cette dame d'honneur réduite à
faire la révérence avec son derrière... Derrière
le Douzième arbre de l'avenue, l'anarchiste
était déjà embusqué et guettait... Il ne faut
pas trop rire à la *Belle Hélène*, lorsqu'on appartient à la famille des Atrides et que l'on
est menacé par les Dieux d'avoir le sort de
Klytemnestra... »

Je devais indiquer ce point de vue. Pour
bien embrasser un spectacle, il faut de temps
à autre que le spectateur se déplace d'un pas
à gauche, d'un pas à droite...

VII

ANECDOTES CHÉTIVES ET LARGES CLARTÉS

> Il suit de là que mon amour tend
> aux choses générales ou idéales.
> Mon objet est le Dieu ou l'Être.
> *(Lettre de jeunesse* de Taine.)

Ainsi empêchée dans son attrait vers des réalités finies, où s'orientera cette âme en détresse?

Écoutez, regardez une belle scène à peine indiquée. Un matin, traduisant Othello avec son lecteur, l'impératrice lit à haute voix la *Chanson du Saule* de la touchante Desdémone.

La pauvre âme était assise près d'un sycomore,
   — Chantez tous le saule vert,
Sa main sur sa tête, sa tête sur ses genoux,
   — Chantez le saule, le saule, le saule...

Mais voici qu'elle s'interrompt pour dire :
— Il y a cependant autre chose que la ja-

lousie ou l'héroïsme, et ce sont les saules...

Magnifique indication ! Depuis que le monde est monde, de telles sensibilités ardentes voient la nature elle-même comme un immense « buisson ardent ». Elles se tournent vers les forces sourdes, vers les puissances primitives, vers les dieux. La solitude, les arbres, la mer, les sommets, l'ouragan, le réveil profond de ses vies antérieures, nous avons bien vu que c'étaient la vie véritable et le refuge constant de l'impératrice.

Un jour, à Corfou, elle gravit la cime bleue de l'Aji Deka. Rien que des granits solitaires, quelques chênes nains, le soleil et un vent furieux. Elle murmure :

— Comme dans une île, bien que l'on soit sur la terre ferme... Cette cime pourtant se rattache aux montagnes, aux vallées, aux hommes... Voilà à quoi l'on peut toujours arriver, si l'on veut.

— Qu'entend dire Votre Majesté ? demande Christomanos.

— On peut toujours arriver à faire de soi une île.

15

— La cime ne peut interdire au vent de venir jusqu'à elle.

— Oh! le vent, je ne voudrais pas m'en priver, si j'étais la cime; ni des nuages non plus. Tout : le soleil, les nuages, la pluie tiède... Et quelle superbe lutte ! Regardez ces pauvres buissons qu'agite le vent ; voyez comme ils se cramponnent et se cachent : pourquoi aussi ont-ils voulu grimper si haut ? Ils ne sont pas faits pour l'air de la montagne. Seule la roche reste ferme et étale sa poitrine.

Une seconde après, elle dit en souriant :

— Il y a quelque temps, un ermite habitait ici. Les gens de Corfou prétendaient que c'était un fou, qu'il causait avec les abeilles, les nuages, et qu'il n'avait commerce qu'avec des sorcières. Peut-être, de son côté, tenait-il les gens de Corfou pour des insensés. Mais le vent l'a tué, lui aussi, tout de même.

Un soir au crépuscule, contemplant depuis la grève solitaire de Corfou les montagnes d'Albanie incendiées par le soleil couchant, elle montrait deux gros nuages blancs qui descendaient d'un sommet lentement vers la mer :

— Ces nuages sont comme nous ; ils vont
aussi à la mer, pour s'y reposer de leur existence.

A la même heure, un autre jour, elle s'é-
criait :

— Comme les nuages se précipitent avec
rage après le soleil ! On dirait des sorcières
qui poursuivent une jeune fille aux cheveux
d'or.

Puis elle ajouta :

— Les passions du ciel que nous contemplons tous les jours nous font oublier nos
propres soucis.

Des milliards d'hommes ont passé sur la
terre ; ils tenaient des rôles variés, mais tous
cherchaient le bonheur.

Eh bien ! leur philosophie dernière ne varie
guère : le bonheur, c'est d'oublier la vie. Cette
merveilleuse impératrice, quand elle promène
sur la grève de Corfou son jeune page romanesque, s'accorde avec le vieux philosophe,

disons le mot pour forcer le pittoresque, avec
le vieux cuistre Taine. Un jour, celui-ci, faisant les cent pas le long du lac du Bourget
en compagnie du sombre Maupassant et du
jeune Chevrillon, leur donna sa formule :
« Travailler toute la journée, et le soir net-
toyer ses instruments pour recommencer le
lendemain. »

Contempler, travailler ; il existe une troisième
méthode, la solution divine : le sacrifice. C'est
toujours l'oubli de soi-même. Il n'y a plus
rien à inventer sous le soleil ; nous mettons
nos pas dans les pas de nos pères. Mais l'impératrice Elisabeth mêle à ses pensées les
feux des pierreries de son diadème et l'ardente
couleur du sang que les hommes voudraient
verser pour une beauté si défendue.

La contemplation n'a jamais suffi pour
apaiser les déceptions et combler le vide de
la race de René. En dépit du calme qu'elle
célèbre et que marquent sa marche élastique
de Diane et son port de déesse, Elisabeth,
qui manque d'un principe de vie, se tourmente
et cherche où se faire dompter. Levez-vous

vite, orages désirés. Celle qui fut d'abord une Titania caressant la tête d'âne, voyez-la finir comme un roi Lear, trahie par les rêveries, filles de ses veilles, et qui court aux flagellations de la tempête.

Elle ne fit jamais de confidences ; à peine si, dans un éclair, son obsession se laisse deviner. Voici, par exemple, une formule où l'on peut trouver la définition de l'impératrice par elle-même :

— Parfois, disait-elle, le destin choisit l'un de nous pour en faire un poème magnifique, ou pour s'en gorger comme d'Œdipe ou de Médée.

On croit voir passer sur ce ciel sombre d'orage des éclairs de prescience :

— Je marche toujours à la recherche de ma destinée ; je sais que rien ne peut m'empêcher de la rencontrer, le jour où je dois la rencontrer. Tous les hommes doivent, à un certain moment, se mettre en route à la rencontre de la destinée. Le destin, pendant longtemps, tient ses yeux fermés, mais, un jour, il vous aperçoit tout de même....

VIII

Je ne sais rien de plus émouvant et qui
donne mieux l'impression d'une fièvre qui
veut s'éteindre, d'une génialité cherchant
éperdument un milieu favorable, que les fuites
continuelles de cette impératrice ; et, par
exemple, ce jour où elle entraîna le jeune
Christomanos à Schœnbrunn, sous une pluie
de neige fondue, dans une tempête de vent, à
travers de grandes flaques d'eau. « Nous cou-
rons comme des grenouilles dans les marais, disait-elle. Deux damnés semblent errer
dans le monde infernal. Oui, pour beaucoup
de gens, ce serait l'enfer. Mais c'est mon
temps préféré, car il n'est pas pour les autres,
je puis en jouir seule. Cela ressemble aux repré-
sentations théâtrales que se faisait donner le

pauvre roi Louis. Toutefois ce plein air est beaucoup plus grandiose. » Et elle ajoutait : « Certes, je voudrais que l'ouragan fût encore plus enragé ; on se sent alors si proche de toutes les choses et comme en conversation avec elles ! »

On touche ici aux parties les plus élevées de cette rare nature. Avec le strident des violons tsiganes qui pleurent et qui sourient, Élisabeth de Bavière laisse jaillir par courtes et brûlantes poussées l'hymne panthéiste, l'acceptation, la mort volontairement devancée. Et ce chant, je ne sais s'il monte plus haut dans l'atmosphère raréfiée des sommets ou soutenu par les profondes clameurs de la mer. « Sur la mer, dit-elle, ma respiration s'élargit. Elle se règle sur la houle. Quand les lames deviennent plus larges, je commence à respirer plus profondément. La mer nous déshumanise, elle ne souffre rien en nous de l'animalité terrestre. Dans la tempête, je crois souvent que je suis devenue moi-même une vague écumante. »

Les grands maîtres qui firent leur princi-

pale étude d'accepter et de mourir, de mourir continuellement, s'exprimèrent-ils jamais
avec plus de magnificence que le jour où cette
femme déclare : « L'idée de la mort purifie
et fait l'office du jardinier qui arrache la mauvaise herbe dans son jardin. Mais ce travailleur veut toujours être seul et se fâche si des
curieux regardent par-dessus le mur. Ainsi je
me cache la figure derrière mon ombrelle et
mon éventail, pour que l'idée de la mort
puisse jardiner paisiblement en moi. »

Félicitons-nous d'avoir recueilli quelques-
unes de ces brûlantes décharges qui devraient
suffire à susciter la grande vie spirituelle chez
l'être le plus morne ! Songez que cette personne extraordinaire faillit s'abîmer sans rien
nous trahir des puissances qu'avaient amassées
en elle la préparation des siècles et ses douleurs. Mais pour contempler face à face l'idéal
qu'elle dénude à demi dans ces grandes vérités
voilées, il eût fallu surprendre ses sentiments,
ses sensations, la vaste poussée des vagues
au-dessous de sa conscience claire. Une certaine scène d'incomparable poésie eut pour

cadre la première aube sur la mer de Corfou
et les jardins d'Achille.

« Au petit jour, écrit Christomanos, je me
suis levé et — sans savoir pourquoi — j'ai
monté tout droit, par l'escalier des dieux, sur
la terrasse d'Hermès. Un blanc reflet surgis-
sait à l'est, derrière les croupes noires des
montagnes, dont les corps immergeaient dans
l'obscurité comme dans les ténèbres de leurs
propres ombres. De la mer à peine visible
sous son immense pâleur, le matin montait
humide. Presque toutes les étoiles s'étaient
éteintes ; Sirius seul, d'une terrifiante grandeur et magnificence, était au zénith. Au-
dessous se dressait un grand cyprès noir,
incliné légèrement sous un souffle de brise
que l'on ne sentait ni entendait... Soudain,
je vis l'impératrice glisser, comme une ombre,
entre les colonnes du blanc palais. Extrême-
ment surpris de la trouver là à cette heure,
je voulus me retirer; mais elle s'approcha,
rapide comme un ange noir qui aurait à défendre un paradis, et me dit : « Je suis toujours ici, avant le lever du soleil, pour voir

comme tout s'éveille (20). Il ne faudra plus monter jusqu'ici à cette heure. C'est le seul moment où je sois tout à fait seule. »

Magnifique témoignage, que nous laissons retomber faute de documents sur des rêveries si conjecturales ! Sur ses hautes terrasses, le sphinx a gardé le mot de son énigme. Mais nous sentons bien autre chose que les plaintes d'une allemande malheureuse : les ravages de la satiété et la névrose des tout-puissants.

L'audace et l'ironie amère, l'accent sceptique et fataliste, l'invincible dégoût de toutes choses, la présence perpétuelle de l'idéal et de la mort, et même ces enfantillages esthétiques d'une mélancolie qui cherche à se délivrer, me font tenir l'existence d'Elisabeth d'Autriche comme le poème nihiliste le plus puissant de parfum qu'on ait jamais respiré dans nos climats. On croirait que des fusées orientales vinrent, chez cette duchesse en Bavière, irriter le fond romantique. Toutes ses forces de rêve, elle les astreint à des cadences que je trouve seulement chez ces incomparables soufis persans qui couraient le monde dans la familiarité de la mort. Et cette satiété qui n'empêche aucun frémissement évoque devant mon imagination certains rêveurs mystérieux des trônes asiatiques.

Bien entendu, je ne prétends point donner par ces rapprochements une explication ; mais — comme un air de musique parfois nous transporte dans un paysage — l'atmosphère de silence, de fatalité et de beauté un peu bizarre qui flotte autour de l'impératrice évoque pour moi ces cours des khalifes où la philosophie du néant, parfois avec mièvrerie, développe ses sentences au milieu de drames qui la justifient.

Pourquoi poursuivrais-je davantage de rendre intelligibles ces incomparables angoisses ? Ces psaumes monotones, ceux que nous appelons les heureux de ce monde les ont répétés à maintes reprises depuis Salomon. Aussi bien, en dehors de l'atmosphère des cours, nous avons entendu des pensées analogues. Ces états de faiblesse irritable, ces

angoisses sans cause, ces vagues inquiétudes,
ces noires lycanthropies, c'est la sécrétion
particulière aux natures supérieures. Avec
une régularité qui mènerait jusqu'au désespoir
les hommes assez imprudents pour s'attarder
à réfléchir sur notre effroyable impuissance,
nous mettons éternellement nos pas dans les
pas de nos prédécesseurs. Tous les grands
poètes ont souffert, comme Elisabeth d'Autriche, de la vulgarité du siècle ; ils se sont
sentis soulevés, au moins de désir, vers un
plus haut idéal ; ils ont éprouvé un éloignement pour les intelligences obtuses et courtes,
contentes d'être, satisfaites du monde et de la
destinée. C'est que, sans but et sans frein,
ils souffraient d'un manque de discipline.
D'un tel état peuvent sortir les grandes singularités artistiques ou religieuses qui sont
l'honneur de l'humanité ! Qu'importe le fond
des doctrines ! C'est l'élan qui fait la morale.
Ce qu'un Pascal appelle « vivre pour l'éternité », c'est ce que nous appelons « s'observer,
comprendre le néant de la vie ». Mais cette
satiété qui réclame à toutes les minutes les

assaisonnements de la mort, n'impressionne jamais autant que chez une femme divinisée par sa beauté, par son diadème, par son malheur qu'elle affrontait dans une perpétuelle méditation, et par son assassinat qui ne put l'émouvoir, car elle avait devancé la mort.

Quand une brute menée par la Fatalité qui préside aux tragédies antiques accosta l'impératrice sur le trottoir du lac, près de l'hôtel Beau-Rivage, sans doute celle-ci participait toujours à ce que le vulgaire appelle la vie, puisqu'elle réagissait encore, mais, n'ayant plus de but, de volonté, ni rien qui lui fût, elle était, selon le philosophe, une étrangère à l'existence et vraiment une morte.

M. Remy de Gourmont a écrit un mot qui mérite d'être recueilli : « L'homme qui assassina l'impératrice d'Autriche obéit peut-être à un instinct plus haut que son intelligence ; croyant tuer la force, il poignarda le dédain. » Sans doute, mais encore, plutôt qu'une dédaigneuse, c'est une absente. *Jam transiit ; Déjà*

elle avait passé outre... L'imbécile Luccheni
a tué une morte.

Le cœur percé de cette petite lame, elle
continue encore à marcher. C'est seulement
sur le pont du bateau qu'elle s'affaisse, et alors
elle demande : « Qu'y a-t-il ? » C'est elle qui
meurt, et elle demande : « Quoi ? »

IX

REJETONS LA COUPE A LA MER.

J'étais assis dans un bureau de rédaction, à corriger les épreuves d'un article, quand arriva la dépêche de l'assassinat. Il y avait là des écrivains de l'espèce qu'on appelait jadis « symbolique » ou « décadente », c'est-à-dire qui se piquent de raffinement exquis, rejettent toute discipline et ne mettent rien au-dessus de l'art. Et l'un d'eux, avec une grande autorité, en tournant sa face ronde vers les cieux, déclara qu' « en somme, Luccheni était infiniment plus intéressant que cette femme ».

Cette appréciation, qui ne fut pas contestée, me frappa vivement. Je sortis, sans mot dire, pour aller la méditer dans une magnifique promenade. Un tel mot demeure pour moi une précieuse expérience; je le tiens pour

un de ces documents qui nous débrouillent
les idées, qui nous font distinguer la véritable
nature des êtres sous les affectations et les
masques. C'est une autre question de savoir
si le point de vue esthétique et aristocratique
est le meilleur, mais le problème qui fut solu-
tionné pour moi ce soir-là, c'est de savoir ce
qu'ils valent comme esthètes et comme aristo-
crates, les poètes qui préfèrent ce « héros »
à cette « héroïne ». Je m'explique la misère
de notre littérature récente : c'est goujaterie
de l'âme.

Celle qui régla sa vie sur les maximes que
nous avons recueillies est évidemment à cent
mille pieds au-dessus des diverses personnes
qui sont spécialement chargées d'avoir des
opinions intellectuelles aujourd'hui. Il semble
pourtant qu'un pâtre, pourvu qu'il fût capable
d'entendre le plus naïf roman de Walter Scott,
devrait être sensible à cette silhouette de fée
entrevue dans le brouillard allemand.

Les personnes de cette nature, dans tous
les milieux, souffrent beaucoup de la sottise
des hommes ; elles apprennent qu'il ne fait

pas bon penser tout haut. Si, dans leur jeunesse, elles se laissent aller parfois à mani-
fester ce qu'il y a de singulier dans leur vie
intérieure, elles le regrettent très vite; dès
lors, elles s'effacent volontairement derrière
le personnage qu'il leur faut faire et elles
renoncent à ce qui pourrait leur attirer la
haine ou la sympathie. D'ailleurs, cette solitude claustrale, c'est encore moins prudence
devant la vie qu'obéissance à des instincts et
à des goûts de tristesse; il leur convient d'être
ce que tout le monde appelle « enseveli vivant. »

M. Constantin Christomanos avait-il le droit
d'arracher à cet *in pace* volontaire celle qu'il
livre à la société des poètes? Jeune, frémis-
sant de rêves et né pour leur donner un verbe,
il n'a pas su, auprès de cette impératrice
d'une si puissante poésie, crever ses yeux et
couper sa langue. Il raconte ce qu'il a vu, et
vraiment ne traduit-il pas en rythmes admirables les enchantements dont il subit la
magie? Si, enflammé d'une telle approche, il

a détourné quelque chose d'un brasier qui aspirait à se consumer tout, on ne doit pas l'accuser de rapt, mais de ravissement. Il n'a pu rejeter à la mer la coupe qu'un hasard providentiel, il doit le croire, lui permettait de soustraire au gouffre d'oubli. Je n'ai vu nulle part qu'on blâmât les amis de Virgile, qui refusèrent de détruire l'*Énéide*, comme à son lit de mort il avait ordonné.

Hélas! tant qu'elle gît sur le sable profond du gouffre, la coupe du roi de Thulé irrite notre sens du mystère et nous commande de tout risquer; mais que vaudra-t-elle, si on la fait circuler parmi les convives recrutés sur la place publique et déjà gorgés de boissons vulgaires? Plaise au ciel que cette impératrice de la solitude ne devienne pas un thème littéraire et, comme on dira sans doute, une figure esthétique! Voyez ce qu'on nous a fait de son cousin Louis II : un cadavre romantique étendu sur la grève du lac Starnberg et gâté par les commentaires qui s'y traînent en colonies informes et visqueuses. Il faut le granit de Pascal, de Rousseau, de Byron, de Chateaubriand et de Napoléon pour résister à ces parasites ; ils déshonorent et déforment très vite des figures un peu flottantes, capables de susciter nos méditations, mais qui négligèrent de se réaliser dans une forme d'art et d'échanger leur mobilité séduisante contre la fixité de la perfection.

Si nous voulons maintenir autour de cette impératrice l'isolement qu'elle aimait et qu'on doit tenir pour l'atmosphère de sa beauté, prodiguons-lui les blâmes qu'aucune âme vigoureuse ne ménage à ces natures qui méconnaissent le sens de la vie, qui négligent de se rendre utiles et qui se perdent dans les problèmes insolubles, et par là puérils, de la contemplation. N'avons-nous pas à notre disposition une formule mémorable qu'Auguste Comte tenait de Mme Clotilde de Vaux : « Il est indigne des grands cœurs de répandre le trouble qu'ils ressentent (21). »

SOUVENIR DE PAU EN BEARN

SOUVENIR DE PAU EN BÉARN

Les noms heureux des belles villes du Sud
sont liés aux mornes images de la mort. Parmi
nos parents, nos amis, plusieurs achevèrent
leur vie à Menton, à Hyères et à Pau. Le plus
souvent jeunes encore. Et le soleil qui perce
l'hiver pour réjouir ces villes fortunées n'obtient pas que j'oublie des rayons prématuré-
ment glacés.

Les stations du littoral me semblent des
tombes fleuries que frappe un flot d'azur.
Mais, sous un ciel couvert, Pau surtout, avec
sa douceur qu'aucun souffle jamais n'excite,
prête à de mortelles rêveries.

C'est en octobre, novembre, quand la col-
chique perce entre les feuilles mortes, que

Pau fait le mieux sentir son caractère dominant : un climat mol et qui cicatrise.

Je ne sais rien de plus doucement agréable que la suite des promenades aménagées au flanc méridional de cette ville. Elles forment un large balcon sur la verte vallée du Gave, sur d'innombrables collines arrondies et, tout au fond, sur la ligne dentelée des grandes Pyrénées bleuâtres.

On aboutit à un bois sur une colline. C'est le parc du Château, du Château d'Henri IV. M. Taine se promena dans cette allée solitaire, sous la colonnade des chênes et des châtaigniers, quand il avait vingt-six ans. Déjà les hautes tiges des taillis, en files serrées sur la pente, voilaient le Gave et la large campagne. Comme aujourd'hui, l'air demeurait immobile, sans un coin de ciel bleu, sans un bruit animal. « On est bien ici, disait-il, et cependant on sent au fond du cœur une vague inquiétude ; l'âme s'amollit et se perd en *rêveries tendres et tristes.* »

Pourquoi ne les décrit-il point, plutôt que de mêler des facéties brutales contre les

« philistins » à des extraits quelconques des
vieilles chroniques?

Dans cette solitude, et sous ces arbres, où,
vivantes, elles fuyaient la mort, des ombres
errent indéfiniment. Elles étaient venues des
pays du Nord trouver dans Pau un air plus
tiède. Il ne les sauva point. Et maintenant
personne ne les veut plus connaître dans ces
maisons de passage où leur souvenir aggra-
verait les insomnies des locataires qui leur
succèdent. Nulle piété familiale n'entoure et
n'apaise ces morts étrangers; les lois du pays
commandent de les chasser par les plus sa-
vantes fumigations.

Pareilles aux âmes sans sépulture que plai-
gnaient les païens, ces ombres malheureuses
s'attachent au promeneur isolé, et celui-ci,
que ne distrait aucun soin, se livre à leur
confuse société. Chaque jour, elles m'attendaient à l'entrée du parc. Instinctivement,
pour les rejoindre je hâtais le pas. Elles me
frôlaient, me chuchotaient une mystérieuse
plainte. J'ignore ce que furent leurs destinées

particulières, mais je ne me trompe pas sur
leur commune préoccupation. Deux phrases
du *Guide* qu'on trouve ici dans toutes les
mains me donnent le fil de leurs rêveries :
« Pour le malade il y a des jours mauvais
« à Pau, comme dans tous les climats ana-
« logues, et celui qui croirait pouvoir s'y livrer
« à tous ses caprices s'apercevrait cruellement
« de son erreur... » Et plus loin ce même
« *Guide* », énumérant les avantages locaux :
une atmosphère douce et calmante, de magnifiques promenades, termine par ces mots,
durement ironiques : « Toutes les ressources
« dont la classe riche est habituée à disposer. »

Pauvres phrases, je le répète, et d'abord
trop plates, semble-t-il, pour arrêter le lecteur, mais si j'étais poète, j'en tirerais deux
magnifiques poèmes, et si j'étais musicien,
je les fondrais dans une seule symphonie.

Une œuvre qui mettrait sous nos sens toutes
les voluptés et qui, dans le même instant,
nous obligerait à regretter cruellement de
nous en être rassasiés, voilà un lieu commun
irrésistible pour nous exciter et pour nous

déchirer! Et quelle conclusion? Aucune, assurément. Il n'est point essentiel pour nous
émouvoir qu'un poème soit clair. Quant à la
musique, plus favorisée encore, elle peut nous
présenter plusieurs idées dans le même
moment; elle les fait chanter ensemble et par
cette complexité elle déchaîne nos puissances
profondes d'émotion que l'analyse littéraire
ne sait pas toucher. Des espaces pleins,
puis des élans, des repos, puis des enrichis-
sements, et des élans plus audacieux, et des
répétitions ornementales plus vastes, voilà les
seuls moyens pour nous rendre sensibles
certains états de l'âme. Ils se déformeraient au
point de s'anéantir si l'on prétendait les faire
entrer dans des formules. Ils inspirent et ne
s'expriment pas. Les promeneurs de la semaine des morts, qui se prêtent aux nappes
de rêveries suspendues sous les chênes du
parc béarnais, ne peuvent s'expliquer ce qui
les met en branle.

Parmi ces ombres qui m'accompagnaient,
je ne tardai pas à distinguer une voix qui

m'avait été chère. Un des amis de mon enfance, mon aîné de douze ans, vint jadis demander à ce ciel un sursis pour le mal dont il
mourut vers la trentaine. Suis-je seul déjà
sur la terre pour le maintenir au-dessus du
gouffre d'oubli? J'ai cherché le toit qui l'abrita
quelques hivers. Dans le livre de mes dettes
morales, que j'aime à méditer, je l'ai inscrit
comme mon bienfaiteur à cause d'une phrase
qu'il dit devant moi quand j'avais quinze
ans.

Il venait d'étudier la médecine à Paris; il
en rapportait une remarque très juste :
« L'avantage de Paris, c'est qu'on voit de près
les grands praticiens et qu'on admet alors de
les égaler un jour. » Ces mots tombés au hasard d'une conversation s'étant fixés sur
l'heure dans mon esprit ne cessèrent pas de
s'y enfoncer. Je dois beaucoup à cette pensée;
elle me pressa, je crois, d'aller visiter à Paris
les maîtres. Qui oserait, en effet, lutter avec
des hommes mystérieux! Mais étudier un
homme en chair et en os, et prendre sa suite à
force de travail et de discipline, l'imagination

d'un adolescent courageux accepte que cela soit possible.

Aujourd'hui, je donne à cette phrase de mon aîné un sens plus subtil et plus fort : je pense qu'il faut aller aussi dans les endroits où l'on meurt, pour apprendre à se résigner.

Quand le soleil, parfois, sans rompre la solitude ni l'immobilité des choses, perce les châtaigniers du parc, aussitôt sur les branchages les bêtes de l'air chantent leurs plumes sèches, leur bonne digestion et leur confiance insensée dans la vie. Le promeneur sort de son rêve ; il écarte les morts qui le pressent, et les morts, plus obsédants, qui l'emplissent : espérances, désirs enterrés dans son cœur. Averti par ce brusque réveil de la vie, il croit devoir s'intéresser à ces beaux lieux et participer à leurs magnifiques largesses pour qu'elles étendent son existence.

Au pied de Pau se développe une vallée heureuse de verdure et de grands arbres, où fuit, entre les joncs, un gave rapide que brisent ses cailloux. Des routes sinueuses, des mai-

sons de plaisance, des villages, d'innombrables vergers enrichissent cette harmonie.
Et des collines à demi boisées, en bordant
cette vega, lui donnent la forme d'une conque
où flotte de l'or vaporisé, tandis qu'elles-
mêmes ne sont que des enfants au pied des
Pyrénées, magnifiques par leurs neiges et
par leurs arêtes, et qui président sur l'horizon à la tranquillité générale.

L'apôtre a dit que sur l'homme inflexible,
sur les cœurs sans tendresse ni pitié, s'étend
un ciel d'airain qui n'a ni pluie ni rosée. J'en
conclus qu'aucun homme inflexible ne vint
jamais à Pau, car de toute éternité nul n'y vit
un ciel d'airain.

Quelle douceur, quel brisement de nerfs!
quel amour de la vie, quelle tristesse sans
voix de se savoir périssable! Entre cinq et six
surtout, quand le brouillard violet et tiède
tombe sur la vallée et que les lanternes du
gaz une à une s'allument sur la longue terrasse!

Ici la raison la plus épurée de sentimentalisme fait tout naturellement la part du cœur. Ici Charles Maurras inventa une belle consolation pour tous les déshérités,

C'est sur cette terrasse, je le sais, devant ce Château d'Henri IV, qu'en 1890 il advint à notre ami de sentir la nécessité naturelle de la soumission pour l'ordre et la beauté du monde. Un paysage agréable où toutes les parties se soumettent les unes aux autres, où celles-ci vivent ensevelies sans se flatter qu'aucun espoir les pousse jamais dehors, tandis que celles-là sont éternellement caressées des feux du Jour et de la Nuit, amenèrent Charles Maurras à constater allègrement que, malheur ou bonheur, tous les états qu'il y a dans l'humanité sont des conditions nécessaires à la qualité de chacun. « Le monde entier serait moins bon s'il comportait un moins grand nombre d'hosties mystérieuses amenées en sacrifice à sa perfection. Hostie ou non, chacun de nous, lorsqu'il est sage et qu'il voit que rien n'est, si ce n'est dans l'ordre commun, rend grâces de la forme qu'a revêtue son sort, quel qu'il soit ; il ne plaint que les dis-

graciés turbulents dont le sort est sans forme
et que leur destinée entraîne à l'écoulement
infini. » (*Anthinea.*)

Ce jeune philosophe de la santé, de la
saine raison, tout occupé à construire le roi,
n'a point le temps d'être tendre. Parlons net,
le véritable homme songe à créer, non point
à guérir.

La vallée béarnaise prend un beau sens
historique si elle fit rêver M. Taine en
1854 et, trente-six ans plus tard, l'un de
ses meilleurs fils. Son esprit, toutefois, non
plus que ses couleurs et ses formes, ne sauraient me retenir.

Il est des moments où notre pensée s'étend
et trouve partout à profiter; d'autres fois elle
se replie irrésistiblement sur ses réserves. Et
c'est encore un hommage à l'ordre, une féconde soumission, d'accepter ces minutes de
retrait où peut-être le ressort se bande pour
une action importante.

Les voyageurs m'avaient bien prévenu que
le gave pyrénéen et l'épais ruban des végé-

tations qu'il déroule dans les landes res-
semblaient à mon torrent et à ma vallée
vosgienne. En vain ici les proportions sont-
elles plus vastes et le motif décoratif infiniment multiplié : je vois à Pau la Moselle où
je fus élevé, ses grèves, sa prairie, ses côtes
boisées, à ma droite l'église de Charmes, et
plus loin, à ma gauche, Châtel, le bien situé,
c'est-à-dire tous les premiers objets qui me
possédèrent et dont je méconnus longtemps
ce qu'ils recèlent de discipline. Paysage plus
simple que le béarnais, plus court et plus
pauvre et que couvre un ciel rude, mais c'est
le mien où m'attachent chaque semaine davantage des liens que ma raison n'a pas noués.
C'est lui qu'embellirait mon nom, si mon nom
quelque jour donnait de la beauté.

Mes morts et mon horizon natal m'enve-
loppent sous ce ciel nouveau et parmi ces
étrangers. Ils composent un arrière-fond à
toutes les images que le hasard me propose,
et celles-ci ne valent qu'autant qu'elles s'har-
monisent avec ma terre et avec mes morts.

C'est ainsi que se forme un désir ardent de rompre tout ce qui nous distrait de nos idées maîtresses.

Pau, 31 octobre 1901.

LECONTE DE LISLE

DISCOURS

STATUE DE LECONTE DE LISLE

au Luxembourg, le 10 juillet 1898.

Messieurs,

Bien souvent les étudiants ont salué Leconte de Lisle sur cette terrasse qu'il traversait deux fois par jour. Sa structure, sa manière de marcher, ses mouvements calmes, fiers et grandioses, sa figure faite de plans accusés et d'espaces uniformes, sa force, sa lenteur, sa solitude, tout son être et son atmosphère constituaient d'ensemble un magnifique animal humain.

Quelques-uns de ces jeunes gens étaient admis avec d'illustres artistes, le samedi soir, dans ce salon glorieux et modeste de l'École des Mines que présidait le *Moïse* cornu de

Michel-Ange. Le maître les émerveillait par
le pittoresque serré de ses propos et par sa
justice distributive ; il n'avait d'indulgence
que pour les débutants de lettres, qui sont
des lionceaux encore incapables de nuire.

Comme un athlète exerce continuellement
ses muscles, ce grand travailleur, à ses heures
de délassement, se plaisait à faire jouer en lui
la tendresse et la férocité, qui sont plus favo-
rables que la bonté à l'inspiration d'un poète
épris de relief, de couleur et de tumulte. Vous
vous rappelez, messieurs, ses phrases brèves,
nettes et lourdes ! Et quel victorieux sourire
venait affiner encore la belle ligne de sa
bouche, découvrir ses dents éclatantes et le
rajeunir, tandis qu'il approchait son monocle
de son œil par l'instinct du sagittaire qui
veut voir sa flèche dans le but !

De ses traits innombrables, il poursuivit
surtout ces romanciers encombrés et vulgaires, alors favoris du public et dont il disait
qu'ils ajoutent aux écuries d'Augias. Lui
pensions-nous, il épurait le monde littéraire
Aussi, dans les hommages dont nous l'entou

rions, il y avait le plaisir, si vif à vingt ans,
d'aller contre l'opinion dominante.

Leconte de Lisle fut un poète impopulaire.
Il dut supporter les sarcasmes de la presse,
l'indifférence du public et la fortune des médiocres. Son pathétique et son tragique ne
furent discernés que par ceux dont il fit
l'éducation et qui se groupent ici pour lui
rendre hommage.

Déjà son école était fameuse pour avoir
ajouté des couleurs et des sonorités aux
gammes de notre langue, et l'on méconnais-
sait encore son vrai titre poétique : c'est
d'avoir concentré dans de courts poèmes les
émotions qui accompagnent les grands travaux de résurrection historique.

Qu'un homme de ce temps s'attarde dans
les musées où nous avons entassé les colonnes
des temples, les membres des dieux et les
poupées des morts ; qu'il écoute les savants
déchiffrer dans les textes les institutions et
les mœurs des sociétés disparues ; qu'il laisse
son imagination avertie par les voyageurs

s'enivrer des horizons, du soleil et des feuillages qui réjouirent des ancêtres épiques : il
voit, sur un fonds de nature qui n'a jamais
bougé, des groupes historiques s'échelonner,
qui tous portent leurs dieux, et par là nul de
ces groupes ne nous est étranger, car dans
leurs dieux, saugrenus parfois, ils mettent
des illusions toujours vivantes dans nos con-
sciences.

Autour de telles évocations, flotte une certaine mélancolie vague et passive. Elle nous
dispose à mieux entendre le thème essentiel de toute poésie : la caducité des choses
humaines, opposée à l'éternelle jeunesse de
la nature.

La marque d'un grand poète, c'est le besoin
qu'on ressent de son œuvre. A certaines heures,
semble-t-il, la France n'aurait pu se passer
d'un Musset, d'un Lamartine, d'un Hugo. Pour
une élite que nos grandes écoles augmentent
chaque année, il était nécessaire qu'un Leconte
de Lisle allât s'asseoir à tous ces foyers de civilisation récemment retrouvés, qui troublen̦

notre imagination et qui nous prêchent la
vanité de l'effort. Il eut la virilité de maintenir longuement son regard sur des ombres.
Sans se laisser alanguir par une atmosphère
de sépulcre, il les porta en pleine lumière et
les revêtit avec une exactitude minutieuse de
tout l'éclat de la vie. Par ce travail, il nous
sort de la position fausse où nous nous trouvions vis-à-vis de ces revenants : au lieu d'être
pour nous la cause d'évagations énervantes,
ils sont devenus les éléments les plus essen-
tiels de notre philosophie. Ces grandes rêveries archéologiques, quand il les eut fait
entrer dans la poésie, s'épurèrent et devinrent
même un ressort de notre vie intellectuelle.

Les poèmes splendides et monotones de
Leconte de Lisle, d'un abord si dur qu'on les
crut inhumains, ont une vertu réconfortante.
Ils *délivrent*, au sens d'Aristote et de Gœthe,
ceux qui, ayant pris une vue d'ensemble de
l'histoire, ne se dégagent pas de son tragique
nihilisme par la vie active.

Du moment qu'un grand poète a formulé
avec netteté les conclusions désespérantes

où nous amène l'enquête scientifique sur le
développement des civilisations, nous voilà
dispensés d'y revenir indéfiniment et de nous
éterniser en hésitations et en inquiétudes
stériles sur ce que la vie manque de but.

J'ignore si nos petits-fils retrouveront
quelque sens dans l'histoire, comme faisaient
les Bossuet, les Condorcet, ou ce politique
qui crut pouvoir parler de justice immanente.
Aujourd'hui nous n'y découvrons nul chemin
tracé et l'espérance ne sait où s'y prendre.
L'œuvre de Leconte de Lisle nie la Provi-
dence, la loi du Progrès et les revanches du
Droit. La pensée divine, faiseuse d'ordre, qui
construisit les sociétés et les temples, appa-
raît plus ou moins lumineuse sur des points
divers de l'espace et des siècles, sans qu'on
discerne la moindre trace d'un programme, ni
d'une marche en avant. L'esprit souffle où il
veut, nul ne sait d'où il vient, où il va.

Chronologiquement, Leconte de Lisle appartient à une génération enthousiaste qui a
élaboré une philosophie de l'histoire d'un opti-

misme candide; on ne s'en aperçoit que s'il parle de l'hellénisme. Un instant, pense-t-il, autour de l'Acropole, la Liberté dompta la Fatalité. Hors cette brève période d'un étroit pays, ce grand poète voit partout la Fatalité planer au-dessus des hommes et des dieux, qu'elle fait plier sous la loi sans appel de son bon plaisir. Ce spectacle tragique lui fournit les fortes inspirations qu'utilisèrent déjà Homère, Eschyle et Sophocle.

Comme s'il ne s'était pas rassasié d'horreur dans la série des siècles, Leconte de Lisle en cherche dans la série naturelle. A nulle étape la vie n'a de quiétude. Il prend possession des heures implacables du jour, de toutes les solitudes et des grandes espèces condamnées, pour leur faire exprimer sa philosophie héroïque et morne. Les éléphants, les condors, les panthères et les buffles, tous tragiques, que ce gigantesque pasteur promène dans des paysages d'airain, semblent une autobiographie. Ses bêtes se désespèrent d'un monde où l'action n'est pas la sœur du rêve.

Parfois le poète nous donne directement
son opinion sur l'être ; c'est une imprécation
égale aux plus désespérées de ce christianisme
qu'il maudit d'avoir précipité les Olympes
païens.

Notre Maître, messieurs, ne fréquentait volontiers que les dieux. Il mettait à leur service des accents et des allures d'une grandeur
sacerdotale. Ils lui donnèrent du mécontentement ; il reconnut que les meilleurs n'étaient
pas immortels.

Heureuse désillusion, car elle fait le centre
de sa poésie. Peut-être son génie se nour-
rit-il d'une seule idée, mais inépuisable : la
mutabilité des formes du Divin.

L'absolu que Leconte de Lisle n'avait pu
trouver dans la suite des dieux, il croyait fer-
mement le tenir dans l'art. Il affirmait les lois
de l'esthétique et formulait des canons. Il
aura rempli l'office d'un Boileau. Il a donné
une discipline à la poésie française, quand le
génie des Musset, des Lamartine et des Victor
Hugo allait entraîner nos talents dans la

faconde. Il a restauré l'art classique de res-
serrer un sujet, d'ordonner des pensées et
d'appuyer la poésie sur quelque chose de réel.
Il répétait à ses élèves que la forme n'est pas
une chose distincte du fond, et que bien écrire,
ce n'est rien autre que bien penser.

Dans le même temps, c'est vrai, il créait
une manière, et son gaufrier commence seulement à s'user. Le Parnasse, où personne n'a
pensé bassement, doit être loué comme une
école de travail minutieux et de respect. Des
esprits nobles et libres s'y éveillèrent. Chez
les plus modestes des poètes qui apprirent
de Leconte de Lisle à travailler le vers et à
transformer en matière poétique les découvertes de l'archéologie et de la philologie, un
anthologue peut trouver le chef-d'œuvre qui
sauve un nom et enrichit une littérature.

Ne fermons point cette cérémonie sans
associer à la gloire du Maître ceux des bons
Parnassiens restés dans le demi-jour. Aux
plus humbles fragments d'un marbre éclaté
sous l'action du génie, la postérité curieuse-
ment honore la trace du ciseau magistral.

LE 2 NOVEMBRE EN LORRAINE

LE 2 NOVEMBRE EN LORRAINE

Le jour des Morts est la cime de l'année. C'est de ce point que nous embrassons le plus vaste espace. Quelle force d'émotion si la visite aux trépassés se double d'un retour à notre enfance ! Un horizon qui n'a point bougé prend une force divine sur une âme qui s'use. Le 2 novembre en Lorraine, quand sonnent les cloches de ma ville natale et qu'une pensée se lève de chaque tombe, toutes les idées viennent me battre et flotter sur un ciel glacé, par lesquelles j'aime à rattacher les soins de la vie à la mort.

Monotone psaume, formules dont nous savons l'apparente sécheresse, mais elles ramènent notre esprit au point où il trouve sa pente et s'enfonce dans des abîmes de méditations... Une fois encore, faisons glisser entre nos doigts ce chapelet.

18

Certaines personnes se croient d'autant mieux cultivées qu'elles ont étouffé la voix du sang et l'instinct du terroir. Elles prétendent se régler sur des lois qu'elles ont choisies délibérément et qui, fussent-elles très logiques, risquent de contrarier nos énergies profondes. Quant à nous, pour nous sauver d'une stérile anarchie, nous voulons nous relier à notre terre et à nos morts.

C'est une méthode dont je n'ai pas toujours distingué la bienfaisance. J'étais un fameux individualiste et j'en disais sans gêne les raisons. J'ai « appliqué à mes propres émotions la dialectique morale enseignée par les grands religieux, par les François de Sales et les Ignace de Loyola, et c'est toute la genèse de l'*Homme libre* (22) » ; j'ai prêché le développement de la personnalité par une certaine discipline de méditations et d'analyses. Mon sentiment chaque jour plus profond de l'individu me contraignit de connaître comment la société le supporte et l'alimente tout. Un Napoléon lui-même, qu'est-ce donc, sinon un groupe innombrable d'événements et d'hommes ? Et mon grand-père, soldat obscur de la Grande-Armée, je sais bien qu'il est une partie constitutive de Napoléon, empereur et roi. Ayant longuement creusé l'idée du « Moi » avec la seule méthode des poètes et des mystiques, par l'observation intérieure, je descendis parmi des sables sans résistance jusqu'à trouver au fond et pour support la collectivité. Les étapes de cet acheminement, je les ai franchies dans la solitude morale. J'ai vécu les divers instants d'une conscience qui se forme. Ici l'école ne m'aida point. Je dois tout à cette logique supérieure d'un arbre cherchant la lumière et cédant avec une sincérité parfaite à sa nécessité intérieure. Je proclame que, si je possède l'élément le plus intime et le plus noble de l'organisation sociale, à savoir le sentiment vivant de l'intérêt général, c'est pour avoir constaté que le « Moi », soumis à l'analyse un peu sérieusement, s'anéantit et ne laisse que la société dont il est l'éphémère produit.

Voilà déjà qui nous rabat l'orgueil individuel. Le « Moi » s'anéantit sous nos regards

d'une manière plus terrifiante encore si nous
distinguons notre automatisme. Quelque chose
d'éternel gît en nous dont nous n'avons que
l'usufruit, mais cette jouissance même est
réglée par les morts. Tous les maîtres qui
nous ont précédés et que j'ai tant aimés, et
non seulement les Hugo, les Michelet, mais
ceux qui font transition, les Taine et les Renan,
croyaient à une raison indépendante existant
en chacun de nous et qui nous permet d'approcher la vérité. L'individu, son intelligence,
sa faculté de saisir les lois de l'univers ! Il
faut en rabattre. Nous ne sommes pas les
maîtres des pensées qui naissent en nous.
Elles sont des façons de réagir où se tra-
duisent de très anciennes dispositions physio-
logiques. Selon le milieu où nous sommes
plongés, nous élaborons des jugements et des
raisonnements. Il n'y a pas d'idées person-
nelles ; les idées même les plus rares, les
jugements même les plus abstraits, les so-
phismes de la métaphysique la plus infatuée,
sont des façons de sentir générales et apparaissent nécessairement chez tous les êtres de

même organisme assiégés par les mêmes
images. Notre raison, cette reine enchaînée,
nous oblige à placer nos pas sur les pas de
nos prédécesseurs.

Dans cet excès d'humiliation, une magnifique douceur nous apaise, nous persuade
d'accepter nos esclavages : c'est, si l'on veut
bien comprendre, — et non pas seulement
dire du bout des lèvres, mais se représenter
d'une manière sensible, — que nous sommes
le prolongement et la continuité de nos pères
et mères.

C'est peu de dire que les morts pensent et
parlent par nous ; toute la suite des descendants ne fait qu'un même être. Sans doute,
celui-ci, sous l'action de la vie ambiante,
pourra montrer une plus grande complexité,
mais elle ne le dénaturera point. C'est comme
un ordre architectural que l'on perfectionne :
c'est toujours le même ordre. C'est comme
une maison où l'on introduit d'autres dispositions : non seulement elle repose sur les
mêmes assises, mais encore elle est faite des
mêmes moellons et c'est toujours la même

maison. Celui qui se laisse pénétrer de ces
certitudes abandonne la prétention de sentir
mieux, de penser mieux, de vouloir mieux que
ses père et mère ; il se dit : « Je suis eux-
mêmes. »

De cette conscience, quelles conséquences
dans tous les ordres il tirera ! Quelle acceptation ! Vous l'entrevoyez. C'est tout un vertige délicieux où l'individu se défait pour se
ressaisir dans la famille, dans la race, dans la
nation, dans des milliers d'années que n'annule
pas le tombeau.

« Je dis au sépulcre : Vous serez mon père. »
Parole abondante en sens magnifique ! Je la
recueille de l'Église dans son sublime Office
des Morts. Toutes mes pensées, tous mes
actes essaimeront d'une telle prière, — effu-
sion et méditation, — sur la terre de mes
morts.

Les ancêtres que nous prolongeons ne nous
transmettent intégralement l'héritage accu-
mulé de leurs âmes que par la permanence
de l'action terrienne. C'est en maintenant sous
nos yeux l'horizon qui cerna leurs travaux,

leurs félicités ou leurs ruines, que nous entendrons le mieux ce qui nous est permis ou
défendu. De la campagne, en toute saison,
s'élève le chant des morts. Un vent léger le
porte et le disperse comme une senteur. Que
son appel nous oriente ! Le cri et le vol des
oiseaux, la multiplicité des brins d'herbe, la
ramure des arbres, les teintes changeantes du
ciel et le silence des espaces nous rendent
sensible, en tous lieux, la loi de l'éternelle
décomposition, mais le climat, la végétation,
chaque aspect, les plus humbles influences de
notre pays natal nous révèlent et nous commandent notre destin propre, nous forcent
d'accepter nos besoins, nos insuffisances, nos
limites enfin et une discipline, car les morts
auraient peu fait de nous donner la vie si la
terre devenue leur sépulcre ne nous condui-
sait aux lois de la vie.

Chacun de nos actes qui dément notre terre
et nos morts nous enfonce dans un mensonge
qui nous stérilise. Comment ne serait-ce
point ainsi ? En eux, je vivais depuis les
commencements de l'être, et des conditions

qui soutinrent ma vie obscure à travers les siècles, qui me prédestinèrent, me renseignent assurément mieux que les expériences où mon caprice a pu m'aventurer depuis une trentaine d'années.

Dans le pays où les miens ont duré, la vallée de la Moselle me paraît trop populeuse encore, trop recouverte de passants pour que j'entende bien ses leçons. J'aime à gravir les faibles pentes qui la dessinent, à parcourir indéfiniment, loin des centres d'habitation, le vieux plateau lorrain et, par exemple, le Xaintois, ancien pays historique où se dresse la montagne de Sion-Vaudémont.

Venant de Charmes-sur-Moselle, quand j'atteins le haut de la côte sur Gripport, au carrefour où passe la voie romaine, soudain dans un coup de vent je reçois sur ma face tout le secret de la Lorraine. Au loin s'étendent devant moi les solitudes agricoles, et, dans un ciel froid, brusquement, émerge, isolée de toute part, la falaise que spiritualise le mince clocher de Sion. Quel enchantement

sous mes yeux, quel air vivifiant me baigne,
quelle vénération dans mon cœur! Sainte colline nationale ! Elle est l'autel du bon conseil.
Dans toutes les saisons elle nous répète ce
que Delphes disait aux démocrates méga-
riens : de faire entrer dans le nombre souverain leurs ancêtres, pour que la génération vivante se considérât toujours comme la minorité.
Mais en novembre, quand d'épais nuages l'en-
serrent et que le vent y jette les voix de
cent cloches rurales, je vais vers elle comme
vers l'arche salvatrice, qui porte sur les siècles
et dans le désastre lorrain tout ce qui survit à
la mort.

Ma pensée française a trois sommets, trois
refuges : la montagne de Sion-Vaudémont,
Sainte-Odile, et le Puy de Dôme. Le Puy de
Dôme régnait chez les Arvernes; il fut le
maître et le dieu du pays où j'ai pris mon
nom de famille. Sainte-Odile d'Alsace et
Sion de Lorraine président la double région
où je veux enclore ma vie; ils symbolisent
les vicissitudes de la résistance latine à la
pensée germanique. Pourquoi ne dirais-je pas

un jour les beaux dialogues que font ces trois
divinités, quand le massif central français
contrôle et redresse la pensée de nos hardis
bastions de l'Est ? Mais le 2 novembre m'invite à des soins plus étroits ; ma piété familiale ordonne qu'en ce jour je me préoccupe
d'adapter, mieux encore, mon esprit aux
vérités qui sont le fruit lentement mûri de la
terre de mes morts.

La colline isolée de Sion-Vaudémont, haute
environ de deux cents mètres, se voit de tous
les monticules dans un rayon de vingt lieues.
Elle a la forme d'un fer à cheval ; sur son
extrémité méridionale, elle porte le château
démantelé des comtes de Vaudémont, d'où
sortit la maison de Lorraine qui règne aujour-
d'hui en Autriche, et, sur sa pointe septentrionale, le couvent et l'église de Sion. C'est
ainsi qu'elle élève au-dessus de l'antique gre-
nier lorrain la double tradition religieuse et
militaire que chacun de nous entretient dans
sa conscience.

Elle fut le centre de notre nationalité. On y

vient toujours en pèlerinage. Elle survit au
duché de Lorraine, — qu'elle a longuement
précédé, puisque les Romains y trouvèrent un
dieu indigène. Elle est le point de continuité
de notre région.

La plaine agricole, autour de ce sommet, a
été négligée de la grande civilisation : ses
cultures immuables disciplinent depuis des
siècles ses habitants, et sur cette terre antique,
l'énergie des autochtones n'a enregistré que
les grandes commotions historiques. Tout
s'est passé régulièrement. C'est ici un vieil
être héritier de lui-même.

Nul lieu plus favorable pour que nous rece-
vions, dans le recueillement, la pensée profonde de la Lorraine. Mais, à donner comme
le fruit d'une seule journée ce qu'une longue
suite de méditations a gravé dans notre cœur,
je rendrais mal intelligible une discipline que
j'ai acquise lentement. Nous irons d'autres
fois de Sion à Vaudémont, du couvent à la
forteresse, par les hauteurs, en marchant sur
les ruines romaines. Je ne sais pas au monde
une plus belle promenade. Aujourd'hui c'est

déjà l'hiver, le sol est détrempé, le grand vent mal commode : ne quittons point le plateau de l'église et la douce allée des tilleuls dont l'ombrage enchante mes étés.

Voici la Lorraine et son ciel : le grand ciel tourmenté de novembre, la vaste plaine avec ses bosselures et cent villages pleins de méfiance. O mon pays, ils disent que tes formes sont mesquines ! Je te connais chargé de poésie. Je vois sur ton vaste camp des armes qui reposent. Elles attendent qu'un bras fort les vienne ressaisir.

Je ne m'embarrasse point de savoir ce que vaut un tel paysage pour un amateur étranger. Si le vent de l'extrême automne ramassait par millions les feuilles multicolores de nos forêts pour les emporter à la mer, et quand même il voilerait de leur beau nuage le soleil, le sein de la mer — car elle ignore nos montagnes — n'en aurait pas une palpitation plus forte ; mais un verger lorrain, admiré en juillet, que novembre dépouille, c'est assez pour que fermente en nous toute la série de nos aïeux.

Devant ces terres magnifiquement peignées
des sillons de la charrue, devant cette multitude de petits champs bombés comme des
cuirasses, je prononce pieusement le *Salve,
magna parens frugum*... « Salut, terre féconde,
mère des hommes... »

Quelle solitude pourtant ! et, comment
dire ? hostile. En 1698, le Père Vincent, « religieux du Tiers-Ordre en la comté de Vaudémont en Lorraine », louait Sion d'être une
solitude, tout autant que je fais deux siècles
après lui ; mais il ajoutait qu'à l'encontre de
tant de « solitudes affreuses », on trouve en
celle-ci « ce qu'il faut pour *satisfaire l'esprit
et la vue*... Il n'y a que Marie qui l'occupe et
quelques religieux dédiés à son service qui,
dans ce séjour charmant, éloignés du tumulte
du monde, goûtent la douceur d'une vie tranquille et écoutent l'Époux de leurs âmes qui
leur parle cœur à cœur ». Ce qu'aujourd'hui
nous entendons sur la haute terrasse n'est
point pour nous « satisfaire l'esprit ». Vézelise,
qui ne se connaît plus comme notre capitale,
se cache dans un pli du terrain. Les châteaux

d'Étreval, de Frenelle-la-Grande, d'Ormes, de Mazerot, de Germiny, de Thélod, de Frolois-Puligny sont déchus, et les Beauvau ne veulent plus animer Haroué. La brasserie de Tantonville, où Pasteur conduisit ses études sur les ferments, appelle mon attention, mais le grand souvenir qu'elle évoque n'est pas proprement lorrain. Nulle part, semble-t-il, cette plaine ne garde conscience de sa destinée. Elle ne sait même point que l'on s'efforce, par un exercice continu, d'acquérir la possession plénière des richesses morales encloses dans ses cimetières.

Cette indéniable tristesse du paysage de Sion, quelques-uns l'attribuent aux ravins secrets qui ne laissent apercevoir aucune eau sur l'horizon. Et puis ici les maisons ne s'égaillent jamais confiantes dans la verdure qu'elles varieraient. Cette dispersion fait l'aspect joyeux de la riche plaine d'Alsace. Mais au comté de Vaudémont chaque village se ramasse contre l'hiver, contre l'envahisseur. Tant de fois le flot étranger nous recouvrit,

sembla nous submerger ! Tout fut ruiné,
épuisé, hormis la patience de cette bonne
terre.

Elle est infiniment morcelée. Ses parcelles
composent une multitude de dessins géomé-
triques. Tantôt étendus côte à côte, tantôt
placés en étoile, ce sont une série de petits
tapis de tous les verts, de tous les roux, plus
longs que larges : des tapis de prière. Humble
prière que chaque famille murmure depuis des
siècles : « Donnez-nous aujourd'hui notre pain
quotidien. »

Les visiteurs qui voudraient plus de pittoresque disent que, devant cette immense mar-
queterie, ils croient avoir sous les yeux, plutôt
que la nature franche, une sorte de cadastre.
Mais le cadastre, quel livre excellent ! Mon
ami Frédéric Amouretti employa longtemps
ses loisirs à lire le Bottin des départe-
ments. On le moquait, mais ce sage avait sa
méthode et, par le Bottin, il mettait en mouvement les personnages qui vivent dans nos
villes. Dans cette interminable lecture, il s'est
rendu compte du riche mécanisme de la vie

française. Voyage-t-il ? En traversant une
ville, il sait ses mœurs, ses travaux, ses délas-
sements et même les noms de certains habitants, des principaux industriels. Il croit avoir
tiré de ce livre mal fait plus d'informations
que de tous les ouvrages spéciaux. Eh bien !
si nous disposons notre esprit à lire notre
paysage natal comme un cadastre, si nous
nous renseignons, si nous suivons, de ci,
de là, le morcellement des propriétés, leurs
évaluations successives, leurs mutations, voilà
de grands enseignements pour comprendre
notre formation.

La motte de terre, qui paraît sans âme, est
pleine du passé, et son témoignage ébranle
les cordes de l'imagination. Plus que tout au
monde, j'ai cru aimer le musée du Trocadéro,
les marais d'Aiguesmortes, de Ravenne et de
Venise, les paysages de Tolède et de Sparte,
mais à toutes ces fameuses désolations je
préfère maintenant le modeste cimetière lorrain où, devant moi, s'étale ma conscience
profonde.

Cette colline, les légions l'assaillirent quand

César les menait à la conquête du Xaintois, déjà riche en blé et en guerriers. Puis elle protégea la civilisation romaine, quatre siècles environ, contre les flots barbares de Germanie. Quelles divinités adoraient les propriétaires gallo-romains et les esclaves ruraux sur le sommet de Sion ! Qu'est-ce que cet étrange Mercure marié à la mystérieuse Rosmerte ? A quel Wodan succédaient-ils de qui le nom demeure dans Vaudémont ? Le christianisme expropria les idoles impures au profit de la vierge Marie. Les hommes de tous ces villages, de ce Saxon, de ce Chaouilley, de ce Praye, tels que je les vois, et ni plus ni moins marqués pour être des héros, partirent à pied pour la première Croisade avec leur comte de Vaudémont qui chevauchait... Par la suite nous avons trop compté sur nous-mêmes ; nous frappions à tour de rôle sur les Allemands et sur les Français, mais, ayant été les plus faibles, nous acceptâmes de nous joindre à la grande famille française... Du haut de Sion, je vois monter de Vézelise une horde de pillards : c'est 1793, et des idées venues

de Paris habillent cette jacquerie... Maintenant nous formons les régiments de fer que
la France oppose à la Germanie. C'est ainsi
que les gens de ce paysage, qui faisaient déjà
la bataille, pour le compte de l'empire romain,
contre les barbares de l'Est, sont de nouveau
les grands bastions orientaux de la civilisation latine. Au sud-est, voici la ligne des bal-
lons vosgiens que les vicissitudes de la guerre
attribuent aujourd'hui pour limites à la France;
à l'ouest, voici les forts de Toul. Les Français,
qui détruisirent les forteresses de Montfort et
de la Mothe, n'ont pas changé notre destinée
militaire. Comme furent nos pères, nous sommes des guetteurs. Qu'est-ce que la pensée
maîtresse de cette région ? Une suite de
redoutes doublant la ligne du Rhin. Ce fut la
destinée constante de notre Lorraine de se
sacrifier pour que le germanisme, déjà filtré
par nos voisins d'Alsace, ne dénaturât point
la civilisation latine.

Aujourd'hui encore, les grands jours de
pèlerinage, quand l'antique plateau rassemble
une foule dont je connais les nuances et les

puissances politiques, je distingue éternellement vivants les éléments de toutes ces grandes
choses. Hélas ! je mesure aussi de quelles
énergies ces activités privèrent mon antique
Xaintois...

On dit que la Vierge de Sion guérit les
peines morales. Je puis en porter témoignage.
Jamais je n'ai gravi la colline solitaire sans y
trouver l'apaisement. Je comprenais mon pays
et ma race, je voyais mon poste véritable, le
but de mes efforts, ma prédestination. Jamais
je ne rêvai là-haut sans que la Lorraine éternelle gonflât mon âme que je croyais abattue.
Novembre, toutefois, demeure l'instant parfait
d'une préparation qui dure toute l'année.

NOTES

1 (page 40). Sturel a vu ces gondoliers de la
mort...

« Guidé par cette sorte d'appétence morale qui
incite les âmes, comme vers des greniers, vers les
spectacles et vers les êtres où elles trouveront leur
nourriture propre, Sturel s'orientait toujours vers
ceux qui ont le sens le plus intense de la vie et qui
l'exaspèrent à la sonnerie des cloches pour les
morts. Dans la société la plus grossière, sa sensibilité trouvait à s'ébranler. Au croisé d'un enterre-
ment sur le Grand Canal, un gondolier l'émeut qui
pose sa rame et dit : « C'est un pauvre qu'on enterre ;
s'il était riche, cela coûterait au moins trois
cents francs : il ne dépensera que quinze francs. Il
a de la musique, pourtant, et ses amis avec des
chandelles, car il est très connu. Arrêtons-nous un
peu, parce que, moi, j'aime à entendre la musique.
Les voilà qui partent par un petit canal vers San
Michele. Adieu ! Il a fini avec les sottes gens...
A droite, vous avez le palais de la reine de Chypre,
qui appartient maintenant au Mont-de-Piété. Ici le
palais du comte de Chambord, racheté par le baron
Franchetti, dont la femme est Rothschild. »
(L'*Appel au Soldat*, chapitre premier.)

2 (page 56). « En Italie, pour un jeune homme
isolé et romantique, c'est Venise qui chante le grand

air. A demi dressée hors de l'eau, la sirène, attire la double cohorte de ceux qu'a touchés la maladie du siècle : les déprimés et les malades par excès de volonté. Byron, Mickiewicz, Chateaubriand, Sand, Musset ajoutent à ses pierres magiques de supérieures beautés imaginaires... Un jour de l'hiver 1887, comme Sturel parcourait la triste plage du Lido, il arrêta son regard intérieur sur les personnages fameux qui promenèrent ici leur répugnance pour les existences normales. Quand nous honorons un lieu tel que les grands hommes le connurent et que nous pouvons nous représenter les conditions de leur séjour, ces réalités, qui, pour un instant, nous sont communes avec eux, nous forment une pente pour gagner leurs sommets ; notre âme sans se guinder approche de hauts modèles qu'elle croyait inaccessibles, et, par un contact familier de quelques heures, en tire un durable profit...

Les ombres qui flottent sur les couchants de l'Adriatique, au bruit des angélus de Venise, tendent à commander les âmes qui les interrogent.

(L'*Appel au Soldat*, chapitre premier.)

3 (page 73). Il y a trois palais Mocenigo. Byron occupait celui du milieu.

4 (page 92). *Scènes et Doctrines du Nationalisme*, p. 15.

5 (page 96). Les *Déracinés*, p. 189.

6 (page 101). *Lettre de Wagner*.

7 (page 124). Je me reprocherais pourtant de ne point ici saluer notre maître, M. Albert Collignon,

alors professeur de rhétorique, pour qui Guaita professait des sentiments que je garde.

8 (page 138). *La Muse noire* (1883).

9 (page 138). *Rosa Mystica* (1895), toutes pièces écrites avant la fin de l'année 1884.

10 (page 146). On a dit et écrit que le *Problème du Mal*, dernier volume de la série des *Essais des Sciences maudites*, rédigé sur les notes de Guaita par ses disciples, paraîtrait. C'est une erreur. Les documents sont en lieu sûr. Notre ami supporta les lents derniers mois de sa maladie avec une force magnifique et sans perdre jamais sa curiosité intellectuelle. S'il avait voulu que son œuvre fût complétée après lui, il eût pris des dispositions pour en assurer l'achèvement dans des conditions offrant de sérieuses garanties. Son silence a dicté la conduite de sa famille. Aucune publication d'inédit, aucune réimpression.

11 (page 147). Voici comment un initié, le Dr Thorion, apprécie l'œuvre du maître qui l'estimait et dont il reçut l'enseignement :

« Les *Essais des Sciences maudites*, dans leur ensemble, étudient le drame de la Chute originelle, en Eden. Le *Seuil du Mystère* nous promène parmi ceux qui ont passé leur vie sous les branches du pommier symbolique. Le *Serpent de la Genèse* élucide le triple sens littéral, figuré et hiéroglyphique du mot *Nahash*, qui, dans le texte de Moïse, désigne le tentateur.

« Au sens positif, Nahash, c'est le fait, l'ivresse

quelconque qui, envahissant l'homme, le fait rouler au mal. De là cette interprétation erronée du vulgaire qui croit que l'esprit du mal s'est déguisé en reptile. Le *Temple de Satan* est donc consacré à l'examen des œuvres caractéristiques du Malin : la Magie noire et ses hideuses pratiques, envoûtements et maléfices. Guaita énumère les ressources infernales de la sorcellerie, il expose des faits réels ou légendaires, pêle-mêle, déclare-t-il lui-même, et sans souci d'en fournir une explication scientifique.

« Au sens comparatif, Nahash est la lumière astrale, agent suprême des œuvres ténébreuses de la Goetie. Son étude donne la *Clef de la Magie noire*, elle permet d'établir une théorie générale des forces occultes, et d'analyser les causes et les effets des rites et des phénomènes décrits dans le *Temple de Satan*.

« Au sens superlatif, enfin, le serpent Nahash symbolise l'égoïsme primordial, ce mystérieux attrait de Soi vers Soi, qui est le principe même de la divisibilité. Cette force qui sollicite tout être à s'isoler de l'unité originelle pour se faire centre et se complaire dans son Moi a causé la déchéance d'Adam. En l'étudiant, Guaita eût abordé le *Problème du Mal*, l'énigme de la chute humaine, chute collective et individuelle dont le complément nécessaire est la grande épopée de la Rédemption. »

Les amis d'étude de Guaita, les F.-C. Barlet, les Papus, les Marc Haven, les Michelet, les Sedir, les Jollivet-Castelot, les Thorion, inclinent à croire que l'audacieux penseur ne fut pas autorisé à faire ses révélations suprêmes.

12 (page 157). Les Guaita seraient d'origine germanique, venus en Italie avec Charlemagne. Certainement, durant tout le moyen âge ils ont exercé
la puissance féodale sur la délicieuse vallée qui, de
Menaggio à Porlezza, joint le lac de Côme au lac de
Lugano. Hommes de guerre ou d'église, et, quelques-uns, poètes. En 1715, le quatrième aïeul de
Stanislas de Guaita quitta cette belle région pour
s'établir dans la ville libre de Francfort ; il épousa
une Brentano, de la famille du poète Clément Brentano et de la romantique Bettina, la petite amie de
Gœthe. Deux générations de Guaita se sont succé-
dées à Francfort et mariées dans des familles allemandes. Dès cette époque cependant l'administration
des verreries de Saint-Quirin, dont ils étaient copro-
priétaires, les rapprochait de la France. Le grand-
père de Stanislas de Guaita prit du service pendant
les guerres du premier Empire et acquit la nationalité française. Son fils, le père de l'occultiste, habitait Nancy et le château d'Alteville, dans l'arron-
dissement de Dieuze, qu'il représenta au conseil
général.

Quant à l'ascendance maternelle de Stanislas de
Guaita, elle est toute lorraine. Il avait pour arrière-
grand-oncle le maréchal Mouton, comte de Lobau.

Cette petite indication généalogique ne paraîtra
pas superflue à ceux qui admettent, comme nous
disons plus haut, que nous sommes les prolongements, la suite de nos parents et que leurs concepts
fondamentaux parlent par notre bouche. Dans ce
jeune lorrain se continuaient des âmes allemandes et
italiennes.

13 (page 162). Dans leur forme primitive, ces pages servirent de préface à « Elisabeth de Bavière, impératrice d'Autriche, pages de journal, impressions, conversations et souvenirs », par Constantin Christomanos, traduit de l'allemand en français par Gabriel Syveton.

14 (page 164). M. Jacques Bainville, dans son *Louis II de Bavière* (1900), nous a donné la meilleure « psychologie » de ce prince. « Regrettons, dit-il, que les archives de Munich soient closes pour tout ce qui touche le roi de Bavière ; elles le resteront longtemps encore. Le prince régent, Luitpold, qui prit le pouvoir dans des circonstances si extraordinaires, ne semble pas pressé de communiquer les pièces intéressantes... Qu'a-t-on fait des lettres nombreuses du roi ? Qu'est devenu ce *journal* qu'il avait écrit ?... Ah ! si M. de Bürkel, rendu muet par la haute position qu'il occupe aujourd'hui, consentait à parler ! Ancien secrétaire particulier du roi qu'il accompagna dans ses voyages secrets à Paris, que de faits intéressants il pourrait raconter, s'il ne craignait de se compromettre !... Puisse le comte Dürckheim-Montmartin, dernier favori du roi, fixer aussi ses souvenirs... Toutefois, les souvenirs de Mme de Kobell, de M. de Heigel et du chevalier de Haufingen, de nombreux portraits faits par les contemporains (et les lettres de Louis II à Wagner) fourniraient des détails sûrs... »

15 (page 164). Le goût des arts se trouve chez les Wittelsbach dès leur origine. Quelques-uns même l'exagérèrent. « Ainsi, au xviiᵉ siècle, ce Ferdinand

dont la femme, Adélaïde de Savoie, écrivait des comé-
dies françaises, tandis que lui se retirait dans la plus
grande solitude, en son château de Schleissheim,
bâti sur le modèle de Versailles, pour y *peindre*,
psaller, composer et tourner l'ivoire. N'était-ce pas
un original aussi ce Charles-Albert qui, le jour où
on le couronna empereur, écrivit au comte Tœrring
qu'il était plus malheureux que Job ? On reconnaît
quelques traits du caractère de Louis II dans Charles-
Théodore, de la branche palatine, qui, à Mannheim,
voulut égaler les rois de France par le luxe et l'éclat
de sa cour. Il rassembla les plus célèbres littérateurs
et acteurs de l'Allemagne et fit jouer les premiers
drames de Schiller, mais il ruinait son Palatinat. Le
duc de Bavière étant mort sans enfants, ce Charles-
Théodore dut quitter son cher Mannheim et venir à
Munich. Le gouvernement de ce dilettante fut déplorable. Ennuyé, lassé, il songea à se mettre sous la
protection de l'Autriche pour être délivré du fardeau
des affaires. Il demeura pourtant souverain mal-
gré lui, par la volonté énergique de Frédéric le
Grand, qui intervint, et il se consola en faisant de
l'Opéra de Munich un des meilleurs de l'Europe, au
dire de Stendhal.

« Son successeur fut Max-Joseph (d'une autre
branche) qui fut le premier roi de Bavière. Le fils
de celui-ci, Louis Ier, fut un roi artiste. Il passa sa
jeunesse dans la société de peintres et de sculpteurs,
avec qui il fit de longs séjours en Italie. Poète lui-
même, il composait d'assez jolis vers. Dans son premier recueil, paru en 1829, il chantait Rome et la
Grèce. Ses poésies amoureuses et sentimentales ne

manquent pas d'un certain charme ; on imprime
encore ses distiques sur les calendriers bleus que
consultent les jeunes filles allemandes. Devenu roi,
Louis Ier s'adonna à ses goûts de construction. C'est
lui qui a fait de Munich ce qu'il est aujourd'hui. Il
avait dit : « Je veux en faire une ville qui honore
tellement l'Allemagne que personne ne puisse se
vanter de connaître l'Allemagne s'il n'a pas vu
Munich. » Mais s'il savait comprendre les chefs-
d'œuvre étrangers, il ne put rien créer d'original.
L'*Athènes de l'Isar*, comme disent les Allemands,
n'est qu'une suite de froides imitations. On y voit
des Odéons et des Propylées près d'un jardin du
Palais-Royal, avec ses arcades et ses jets d'eau.
L'église de la cour est copiée sur la *Capella Pala-
tina* de Palerme ; la Galerie des Maréchaux, sur la
Piazza dei Lanci de Florence, etc. Il enrichit de
tableaux excellents les galeries de sa capitale.

« Ce bon roi aimait toutes les manifestations de
l'art. Il avait surtout un goût particulier pour la
danse et pour les danseuses. Une aventurière, jolie
femme et femme d'esprit, Lola Montez, se fit remarquer de Louis Ier par ses talents chorégraphiques et
réussit bientôt à exercer sur lui la plus décisive
autorité. Très ambitieuse, elle voulut jouer les
premiers rôles et se prépara à mettre en ballet l'histoire de Bavière. La favorite s'imposa bientôt à la
haute société de Munich. Et, non contente de ce
succès, elle demanda au roi de l'anoblir. Le conseil
d'État, dont l'avis était indispensable, refusa. Elle
tint bon. Enfin, après de longues négociations, elle
fut nommée comtesse de Landsfeld. Voir ses *Mé-*

moires amusants, mouvementés, mais peut-être apocryphes.

« Les Munichois détestaient Lola Montez, qui d'ailleurs ne prenait aucun soin de sa popularité. Quelques jeunes nobles, qui s'étaient constitués ses cavaliers servants et qui portaient ses couleurs, molestèrent des railleurs dans la rue. Elle-même distribua quelques coups de cravache. On faisait courir des bruits fâcheux sur ses dépenses et ses projets de gouvernement. L'effervescence générale de 1848 vint se joindre à ce mécontentement. Des troubles éclatèrent à l'Université ; on éleva des barricades dans les rues. Pour éviter un conflit, Louis Ier renvoya la comtesse de Landsfeld et Berk, le ministre qu'elle avait fait nommer. Tout cela ressemble singulièrement aux rapports de Louis II avec Wagner.

« Quelques jours après, la nouvelle se répandit que Lola était revenue et l'émeute recommença. Alors, lassé de la sottise et de l'ingratitude populaires, Louis Ier abdiqua, le 19 mars 1848, en faveur de son fils aîné. Ni les prières de sa famille, ni celles des députations qui vinrent l'assurer de la fidélité de ses sujets, ne purent le déterminer à reprendre sa parole. Sans doute, il s'estimait trop heureux d'avoir reconquis son indépendance et de pouvoir vivre en artiste à sa guise. Il alla vivre à Rome où il se sentait toujours attiré. Il y était connu et aimé : on lui avait donné le surnom de *Re amante delle belle arti*. Il vivait là au milieu d'une société d'artistes qu'il appelait ses « enfants ». Il revenait de temps en temps en *Teutschland*, comme il disait archaïque-

ment. La bonne ville de Munich, dont il se procla-
mait dans une lettre « le plus heureux habitant »,
le recevait en triomphe comme le protecteur des
arts. Il était traité en roi, sans avoir les soucis du
pouvoir. Combien il devait remercier ces braves
gens d'émeutiers, et Lola Montez, cause indirecte de
tout ce bonheur ! Tantôt, il se rend à Cologne pour
surveiller l'achèvement de la cathédrale : car c'est
là une *chose allemande* et qui lui tient à cœur ;
tantôt il s'occupe du Musée Germanique de Nuren-
berg, sa fondation, ou bien il fait élever une statue
à Claude Lorrain, son peintre favori.

« Telle est la vie de dilettante que mènera longtemps
encore, jusque sous le règne de son petit-fils, à qui
il ressemble par bien des traits, cet étrange souverain volontairement détrôné.

« Son fils, Maximilien II, qui lui avait succédé
après son abdication, fut aussi un prince original.
Il s'occupait moins des beaux-arts, mais beaucoup
plus de philosophie et de sciences. Jeune homme, il
se proposait d'imiter sur le trône Marc-Aurèle. Il
écrivit de petits traités moraux : *Questions à mon
Cœur*, le *Devoir et le Plaisir* et aussi des *Pensées*,
où l'on sent l'influence de Schelling, son philosophe
préféré, dont il annotait les ouvrages, et avec qui il
entretint une correspondance interrompue seulement
par les soucis du pouvoir. Le Roi s'y montre rongé
de mélancolie et de doutes métaphysiques : ce qui a
pu faire dire un jour que, s'il avait vécu plus longtemps, il serait devenu fou comme ses deux fils. Il
paraît néanmoins avoir été doué d'une lucide intelligence : à preuve ces causeries sur l'histoire qu'il

demandait à Ranke et après lesquelles il faisait de curieuses remarques. On trouve ces sortes de dialogues résumés dans le dernier volume de l'*Histoire universelle*, de Ranke.

« Louis Ier avait voulu faire de Munich une cité d'art. Max compléta son œuvre en le rendant centre scientifique et en attirant autour de lui des savants. Le chimiste Liebig fut son favori. Et c'était vraiment une cour originale que celle des « élus » ou la *Table Ronde du roi Max*, comme ils se nommaient eux-mêmes ; un jour ils allaient dans le laboratoire de Liebig assister à ses expériences sur les gaz et, le lendemain, ils entendaient une conférence de Dœnniges sur les chansons populaires de l'Allemagne.

« On voit que Louis II apportait en naissant, du côté paternel, des qualités rares et singulières. Il y a en puissance, chez ses ancêtres, d'inquiétantes dispositions qui atteindront en lui et en son frère leur développement parfait.

« Quant à sa mère, la princesse Marie, dans sa jeunesse on la surnommait l'*Ange*, à cause de son éclatante beauté : elle a donné à Louis II cette expression idéale qui en a fait un véritable Prince Charmant. Elle avait en elle le sang de Louise de Prusse, qui fut romanesque au point de s'imaginer que Napoléon lui rendrait Magdebourg contre une rose. »

> (*Louis II de Bavière*, chapitre premier, Jacques Bainville.)

16 (page 178). L'impératrice devait recevoir quelques archiduchesses. De là cette robe de cérémonie.

— Si les archiduchesses savaient, disait-elle, que
j'ai fait de la gymnastique en cet accoutrement, elles
seraient pétrifiées. Mais je ne l'ai fait qu'en passant ;
d'habitude, je m'acquitte de cet exercice de bon
matin ou dans la soirée. Je sais ce qu'on doit au
sang royal.

17 (page 198). M. Adolphe Aderer se rappelle
avoir vu l'impératrice en 1875, quand elle habitait
ce château de Sassetot, qui regarde la mer et domine
l'étroite vallée des Petites-Dalles. « L'impératrice
Elisabeth franchissait à cheval un champ de blé qui
bordait la falaise. Les épis, grêlés et mêlés de coque-
licots, se tendaient vers le soleil pour se réchauffer
de la bise toujours froide envoyée par la mer voisine. Hantée par les souvenirs des poètes antiques
qu'elle préférait, la cavalière, droite sur un grand
cheval, que les barbes des épis piquaient à ses flancs
vigoureux, se croyait plutôt la reine des Amazones
que la souveraine d'un vaste pays, aussi éloigné de
ses yeux que de sa pensée. Un frisson me saisit,
parce que la belle dame s'approcha si près du bord
de la falaise qu'il me parut qu'elle allait le dépasser :
un cri d'épouvante me vint à la gorge. Au même
instant, le cheval se retourna d'un bond, et il reprit
sa course de vertige à travers les épis blonds. Au
pays, on me dit que la souveraine se plaisait tous
les jours à ce jeu violent qui valait, le soir, au major-
dome du château des réclamations apportées par les
propriétaires des champs traversés : réclamations
dont on ne parlait jamais à l'impératrice pour ne
point troubler son sport favori. L'écuyère passionnée

subissait aussi l'influence mystérieuse de la mer, qu'elle adorait. On avait mis un yacht à sa disposition : elle lui préférait une petite barque sur laquelle elle partait seule, avec le fils du maître baigneur des Petites-Dalles, un gamin de quinze ans. Elle allait ainsi jusqu'à l'une des plagettes du voisinage, où ses dames d'honneur, qu'on avait menées en voiture au même endroit, l'attendaient. » Il est curieux de recueillir ces images auxquelles nous restituons une âme. On sait maintenant à quoi rêvait cette solitaire dans ses grandes courses et sur la mer. Plus loin (p. 217), nous l'entendrons parler de l'un de ces chevaux auxquels elle demandait d'affronter la mort.

18 (page 199). Voir cette scène de l'impératrice au pied de la Tour de Brunehaut, p. 127, *Scènes et Doctrines du Nationalisme.*

19 (page 220). M. Christomanos n'a point écrit dans son livre le voyage à Madère ; il a raconté cette anecdote dans la *Nouvelle Presse libre*, de Vienne, en septembre 1898.

20 (page 234). *Le Régime de l'Impératrice.* — Que l'on m'accuse de mauvais goût ! Mais à titre d'indication sur la physiologie de cette personne singulière qui nous enlève si haut, loin de terre, et pour reprendre pied, je demande à transcrire ici le régime, « régime de jockey anglais », qu'elle suivait : « Lever à cinq heures, bain d'eau distillée (massage suédois, bain de vapeur parfois), une heure de marche dehors, s'il fait beau ; en cas de pluie, sous une galerie ou le long d'un corridor. Vers six heures,

une tasse de thé et un seul biscuit, puis deux heures pour la toilette (pour la coiffure surtout). A dix heures, déjeuner composé d'une tasse de bouillon, d'un œuf, de quelques mets faciles à digérer, puis la grande promenade de quatre ou cinq heures, et tous les sports imaginables. (En escrime, en natation, en équitation surtout, elle était de première force. Elle préférait à tout les ascensions.) Était-elle seule ? on ne servait jamais le dîner du soir ; si elle avait des hôtes, elle se bornait à le présider sans y toucher, se contentant de lait glacé, d'œufs crus et de Porto. » Et en dépit de cette discipline, des insomnies. On le voit bien par cette belle scène du lever du soleil sur les terrasses de l'Achilleion. « Je suis toujours ici avant le lever du soleil. »

21 (page 243). Je donne tout sec, aux gens d'imagination, un fait qui peut leur fournir un départ pour la rêverie.

L'impératrice Élisabeth possédait un magnifique collier de grosses perles qui s'abîmaient. On lui conseilla de les remettre à la mer. Seule avec un vieux moine du couvent de *Paléocastrizza*, qui est situé sur un promontoire abrupt de la côte occidentale de Corfou, elle monta dans une barque. Ils déposèrent les perles malades dans les rochers marins que dominent les ruines de l'*Angelokastron*, vieux château fort des despotes byzantins de l'Epire. Le vieux moine jura le secret. Il mourut dans le moment même où l'impératrice fut assassinée. Le collier repose sous la vague, dans le sublime horizon que préférait cette errante. Ses pensées précieuses trouvèrent-elles un cœur profond, très loin au-dessous des tempêtes et des regards ?

22 (page 274). Ces méditations, ces analyses, c'est une méthode intérieure à laquelle je suis resté fidèle jusque dans la propagande politique (par exemple, quand je fondais le nationalisme sur la *Terre et les Morts*) et là encore je me trouvais peut-être en opposition avec des coreligionnaires qui, pour servir des idées analogues, employaient des moyens plus extérieurs, plus bruyants. Le « Culte du Moi » répondait certainement à une disposition de la jeunesse dans les dernières années, à une disposition qui n'avait pas encore été exprimée et satisfaite à ce degré. Combien de jeunes lecteurs me l'ont dit et me le répètent encore. Tel esprit de haute clairvoyance, mais qui n'acceptait pas ces dispositions ou qui ne les retrouvait pas en lui, sentait bien pourtant ce qu'elles avaient de fécond. Paul Bourget écrivait le 15 août 1890 :

« Des jeunes gens qui sont entrés dans la vie littéraire depuis 1880, M. Maurice Barrès est certainement le plus célèbre. Il est aussi celui contre lequel les plus violentes attaques ont déjà été dirigées. C'est le sort de toutes les personnalités très distinguées, et par suite très différentes, de passionner l'opinion ou pour elles ou contre elles, aussitôt qu'elles apparaissent en pleine lumière. Les âmes originales sont rares, et le premier effort du vulgaire est de s'acharner à les détruire, à les abaisser du moins à son niveau. Il y réussit, hélas ! bien souvent et, même quand il semble échouer, l'effort de résistance aboutit à déformer l'âme originale. Trop

d'exemples attestent cette difficulté pour un moderne
de rester lui-même, indépendant et sincère, ni soumis au monde qui l'entoure, ni révolté contre lui. —
Ah ! la destruction de notre vrai *moi* par l'esprit de
révolte, aussi fatal aux sincérités que les pires pré-
jugés, qui la dévoilera jamais aux nouveaux venus
pour leur épargner de reprendre la route où se sont
enlisés tant de beaux génies !...

« Ce souci presque douloureux de l'indépendance
de son *moi*, d'une culture de ce *moi* d'après le type
natif, sans concession de faiblesse, sans outrance de
contraste, tel est le premier trait qui se dessine
dans l'œuvre déjà publiée de M. Barrès, dans ces
deux romans d'une si savoureuse nouveauté : *Sous
l'Œil des Barbares* et l'*Homme libre*. Et, comme
d'ordinaire cette simple syllabe : le *moi*, signifie
dans la conversation courante : les pires instincts du
cœur sans amour, il est devenu cela pour beaucoup
de critiques, un apôtre de l'égoïsme. Voyez pourtant
quels malentendus peut créer une petite formule. Si
M. Barrès, au lieu de parler de son *moi*, en philosophe qui ne recule pas devant un terme un peu
technique, avait exprimé sa pensée ainsi : « Rien
n'est plus précieux pour un homme que de garder
intactes ses convictions à lui, ses passions à lui, son
Idéal enfin, et le grand travail de notre jeunesse doit
être de découvrir en soi ces convictions, ces passions, cet Idéal », les mêmes critiques eussent bien
été obligés de reconnaître ce qui eût rendu ce jeune
homme si cher à Michelet, — un courageux, un fer-
vent dévot de l'Ame humaine. Mais voici qui a aidé
encore à ce malentendu : c'est le courage d'un Pari-
sien obligé de s'armer d'ironie pour se défendre
contre l'assaut des innombrables adversaires prêts à
railler sans cesse tout ce qu'il aime, et c'est la fer-

veur d'un enfant de la fin du siècle en qui les besoins
de la vie morale palpitent et souffrent à vide, sans
cet aliment de la foi au mystère du monde, à la réalité vivante et aimante de l'Inconnaissable, à Dieu,
pour tout dire, — et c'est le second trait de cette
nature si profondément éprise de l'indépendance
intellectuelle et sentimentale. Ce passionné d'indépendance est en même temps une sorte de mystique incroyant qui ne sait pas prier et qui met au-
dessus de tous les livres celui qui d'un bout à l'autre
n'est qu'une prière : l'*Imitation de Notre-Seigneur
Jésus-Christ*.

« Ironique et méprisant par amour d'un Idéal
dont il n'aperçoit pas de principe extérieur à lui-
même, anxieux uniquement des choses de l'Ame et
n'acceptant pas la foi qui seule donne une interprétation ample et profonde aux choses de l'Ame, — tel
se montre le romancier trop compliqué de *Sous
l'Œil des Barbares*, et il résulte de cette double disposition une maladie morale très singulière, dont
un exemple déjà avait été donné par Benjamin
Constant, et qui réside dans l'intermittence de
l'émotion. L'homme qui met son Idéal infiniment
haut trouve sans cesse des défauts qui le froissent
dans les objets ou les êtres auxquels il s'attache, et
l'intensité de ses goûts est proportionnée à l'ardeur
de ses enthousiasmes. Leur rapidité aussi, — car il
porte en lui-même un élément d'ironie, et il est
immanquable que cette ironie s'applique à ces objets
et à ces êtres aussitôt qu'il commence de voir ces
défauts. « Tout ce qui me faisait frémir d'amour
« dans ma jeunesse », disait Alfieri, « me faisait pres-
« que aussitôt éclater de rire. » Cette alternance de
l'ironie et de l'amour devient même si rapide qu'elle
aboutit à la plus singulière des simultanéités et,

pour douloureuse qu'elle soit, elle ne tarde pas à
devenir aussi nécessaire, en vertu de cette loi des
réactions qui gouverne le monde moral comme le
monde physique. On se sent sentir davantage à sentir par contradiction, mais il n'est pas de gymnastique qui épuise davantage toutes les forces vitales
du cœur. Alors, à des dépenses excessives d'émotion succèdent des atonies étranges, une mort intérieure et cette triste, cette lourde sécheresse dont
Adolphe est le poème inimitable. Dans cette aridité
cependant que devenir, avec une sensibilité qui
souffre de sa torpeur ? N'est-il pas un moyen de
galvaniser cette sensibilité ? N'y a-t-il pas des procédés pour échapper à l'*adolphisme ?* — Il faut bien
créer des mots nouveaux pour des phénomènes
aussi mal étudiés. Son mysticisme incroyant a conduit M. Barrès à une audacieuse tentative pour
appliquer à ses propres émotions la dialectique
morale enseignée par les grands religieux, par les
François de Sales et les Ignace de Loyola, et c'est
toute la genèse de l'*Homme libre* que cette idée
dont je ne peux qu'indiquer ici le point de départ.

« Le paradoxe qui est au fond d'une pareille thèse,
M. Maurice Barrès a trop de sincérité pour ne pas
le découvrir un jour. Ce jour-là, il prononcera la
phrase admirable de notre maître Michelet : « Je ne
« peux me passer de Dieu. » Tous les dons si rares
de sa noble nature seront alors éclairés et harmo-
nisés. Mais n'est-ce pas une communication avec un
hors de lui, n'est-ce pas une foi qu'il cherche quand
il parle de cet instinct des foules dont il a le si profond amour ? Ce besoin de l'action qui l'a saisi et
son socialisme attestent encore chez lui cette soif et
cette faim d'une croyance en quelque chose d'autre
que lui-même qui lui permette de vivre enfin d'une

vie morale, complète et féconde. Y parviendra-t-il ?
Ce que l'action, telle qu'il l'a choisie, comporte de
médiocrités ambiantes n'est pas l'obstacle. Agir,
c'est toujours accepter la mesquinerie de conditions
autour de son Idéal. La plupart des gens ne voient
que ces mesquineries, et, pour conclure ces quelques
notes qui demanderaient un long développement,
j'ajouterai que je ne doute pas qu'elles ne paraissent ridiculement solennelles à beaucoup, étant
donné que pour le monde notre ami est simplement
un jeune romancier, bizarre et tourmenté, qui s'est
fait nommer député de Nancy dans le parti revi-
sionniste, comme Alcibiade fit couper la queue de
son chien légendaire, — par goût du tapage. Ceux
qui jugent ainsi M. Barrès prouvent qu'ils n'ont pas
le respect religieux de cette force saine qui est le
talent. Pour moi, celui qui a écrit certaine page sur
le Christ de Léonard de Vinci est un artiste d'une
telle supériorité de pathétique et si fièrement doué,
que je crois lui devoir de le prendre comme il se
donne, comme je sais d'ailleurs qu'il est, pour une
âme très sérieuse et très profonde, et si sincère
même dans ses ironies, et c'est à cause de cela que je
regarde avec une si fraternelle anxiété son chemin
vers de nouvelles expériences et que j'attends,
comme je n'attends guère de livre, sa prochaine
œuvre, ce *Qualis artifex pereo !* qui achèvera les
Barbares et l'*Homme libre*. Et il faudra bien voir
alors autre chose qu'un décadent ou qu'un dilettante
dans cet analyste de sa propre mélancolie, le plus
original qui ait paru depuis Baudelaire. »

Paul Bourget.

TABLE DES MATIÈRES

6757-02. — Corbeil. Imprimerie Éd. Crété.

ŒUVRES DE MAURICE BARRÈS

LE CULTE DU MOI, trois romans idéologiques :
    * Sous l'Œil des Barbares. Nouvelle édition
      augmentée d'un examen des trois idéologies . 1 vol.
    ** Un Homme libre .... 1 vol.
    *** Le Jardin de Bérénice. .... 1 vol.

L'Ennemi des Lois.. 1 vol.
Du Sang, de la Volupté et de la Mort. Nouvelle édition
    de 1903, revue et augmentée................................ 1 vol.
Un Amateur d'Ames. Illustrations de L. Dunki, gravées
    sur bois .... 1 vol.
Amori et Dolori sacrum....................................... 1 vol.

LE ROMAN DE L'ÉNERGIE NATIONALE
    LIVRE PREMIER : Les Déracinés.......................... 1 vol.
    LIVRE DEUXIÈME : L'Appel au Soldat................... 1 vol.
    LIVRE TROISIÈME : Leurs Figures....................... 1 vol.

Scènes et Doctrines du Nationalisme..................... 1 vol.

BROCHURES

Huit Jours chez M. Renan. Une brochure in-32 (*Épuisé*).
Trois Stations de Psychothérapie. Une brochure in-32. 1 fr.
Toute Licence sauf contre l'Amour. Une brochure in-32. 1 fr.
Le Culte du Moi. Tirage spécial de la préface de *Sous*
    l'Œil des Barbares. Une brochure in-18 jésus........... 1 fr.
Stanislas de Guaita. Une brochure in-8 (*Épuisé*).
Contre les Ouvriers étrangers (1893. *Épuisé*).
Assainissement et Fédéralisme. Discours prononcé à
    Bordeaux le 29 juin 1895 (*Épuisé*).
La Terre et les Morts : *Sur quelles réalités fonder la*
    Conscience française (1899. *Épuisé*).
L'Alsace et la Lorraine (1899. *Épuisé*).

UNE JOURNÉE PARLEMENTAIRE, comédie de mœurs
    en trois actes.. 2 fr.

POUR PARAITRE PROCHAINEMENT

Greco ou le Secret de Tolède.
Le Voyage à Sparte.

LES BASTIONS DE L'EST :
    * La Discipline lorraine.

CORBEIL. — Imprimerie ED. CRÉTÉ.

www.ingramcontent.com/pod-product-compliance
Lightning Source LLC
Chambersburg PA
CBHW070206030726
47505CB00006B/1590